我对书有多喜爱　我就对你对生活有多少喜爱
当有一天　我用庸常来修饰容颜
也就是你失去我的时候
因为　很长的岁月　我是在书里寻找生活　寻找你
可　寻找是一件寂寞的事
寂寞是有高度的
我在一定的高度里寻找　寻找你和生活的海拔

有关谋杀　有关纠缠
当影像倒立　所有的空间刺向
来不急清醒的伤疤
你无法告诉我　我在思考什么

有没有人演绎过繁华的盛况
记录那个季节　无休无止的失眠
开始去学着遗忘　学着独角戏才有表情
黑幕盛大　落下百年孤寂
思念的时候　原来你离我这样远
遗忘的时候　你又离我这样近

这个城市秋水养杂草
看不清的窗口　谁的季节预定过
一场斑驳的年华
我怎么遥望怎么痴念
暗香暗了灯火　秋风拉长葵花冢

你为我准备的路标　天空很空
如果说天亮前咖啡可以唤醒一种迷恋
我宁愿　折截所有来路
除非　地平线剥落如水的向往
否则　我舞
镰刀收割云朵　我收藏你

苍老的不是记忆　如果是
他怎么能带我回那青葱的往事
只是　我想记起你时　却忘记
你的模样
总有一段历史可以证明
我曾来过这里
只是　来过这里

不敢细数要珍惜的分秒
你转身时　我的森林就剩下一片发黄的记忆
来时　天是婴儿蓝
去时　浮云往事遮眼
失去了你　原来连身体都可以不再逞强
在哭泣前　睡下一颗眼泪
还有　千年　千年前随爱苍老的年华

很多时候　每一首歌里都有一个故事
多少年之后　在那旋律响起来的时候
你会想起一些事　一些人
那个时候　是你的生命最美好的时刻
你在音乐的腹地　穿着当年最漂亮的红裙子

你的目光　或者一场空前的雪
就足以埋葬那个冬季的幻想
蚕食的记忆　被城市的灯火
无限放养
要悲伤吗　那么美丽的夜晚
甚至没人对我说晚安
而黎明竟来得也快
我困了　亲爱的

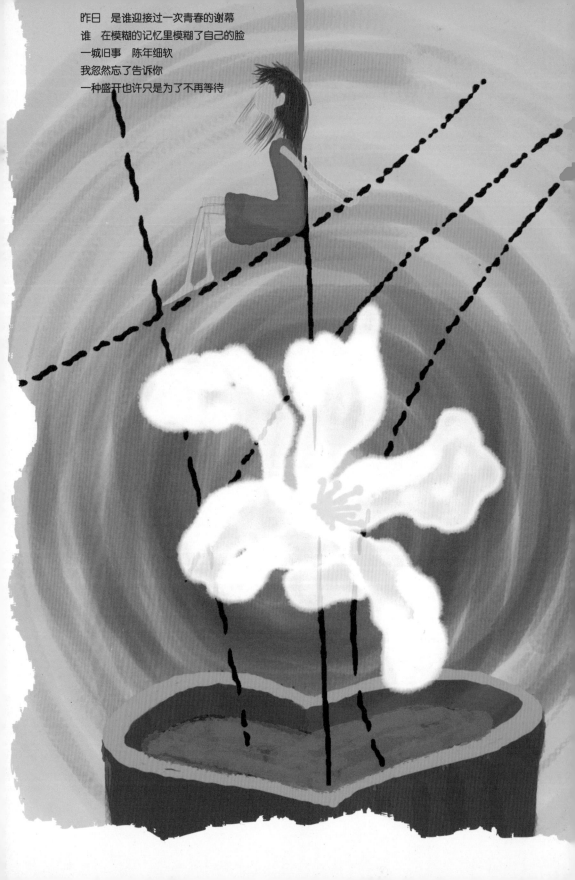

昨日　是谁迎接过一次青春的谢幕
谁　在模糊的记忆里模糊了自己的脸
一城旧事　陈年细软
我忽然忘了告诉你
一种盛开也许只是为了不再等待

文化艺术出版社
Culture and Art Publishing House

给我一个满足欲望的拥抱

沈文婷⊙著

图书在版编目（CIP）数据

给我一个满足欲望的拥抱/沈文婷著；
—北京：文化艺术出版社，2005.8
ISBN 7-5039-2816-6

I.给… II.沈… III.随笔—作品集—中国—当代
IV.I267.1

中国版本图书馆 CIP 数据核字（2005）第 091253 号

给我一个满足欲望的拥抱

著　　者	沈文婷	
责任编辑	程晓红	
装帧设计	画儿＋晴天	
出版发行	文化艺术出版社	
地　　址	北京市朝阳区惠新北里甲 1 号　100029	
网　　址	www.whyscbs.com	
电子邮件	whysbooks@263.net	
电　　话	（010）64813345　64813346（总编室）	
	（010）64813384　64813385（发行部）	
经　　销	新华书店	
印　　刷	北京兴达印刷有限公司	
版　　次	2005 年 10 月第 1 版	
	2005 年 10 月第 1 次印刷	
开　　本	787×1092 毫米　1/16	
印　　张	12	
字　　数	110 千	
书　　号	ISBN 7-5039-2816-6/I·1281	
定　　价	22.00 元	

001-008　自序
把这缘善待至终

001-034　第一章
一半醒来，一半睡去

原本，最初的季节，白流苏一样的年纪，
曾经的青春终成了一场属于过往的梦境。
而我，始终，一半醒来，一半睡去。

035-080　第二章
半个失眠的枕头掉下来

夜里，便开始需要灯，或者把棉花攒在胸口开出骨朵，
抚摸自己。再或者打开一些声音，射向我，
但不是自己的声音。或者另一颗心跳声。

081-114　第三章
给我一个满足欲望的拥抱

欲望的念头，像湿漉漉的翅膀，负重飞行。
如果一个细节沾染了爱情，回忆的时候，它就是爱的全部。
我在努力地放大它们，以此衡量幸福的深度。

115-142　第四章
谁来和我笨笨地相爱？

原来，这么多年，支持我走下去的，
不是我将会拥有怎样的爱情。
而是那些我随时愿意交出感动的故事里的爱，和信仰。

143-166　第五章
只有相随无别离

如今，我没有制造温暖的机会，我只生产惦念的商标，
贴在送给朋友的每一个物件上面。
或明或暗，或大或小，在她孤独和哭泣的时候，
有一个可以喘息的依赖。
那些人，那些事，便一直相随左右，温暖我。

167-168　后记
十年一叹

目录

我以为飞翔能跨越天涯的距离　我以为
孤独经得起翅膀的承载
我以为　爱情就是一个动词　却原来
她老死路上　你在别处放生

把这缘善待至终

几天来，一直在整理自己的网络文稿，不知不觉地竟也写了十余万字了。看着那些被我粉饰过的词语从打印机里小心翼翼地探出身来，想着它们都曾以怎样的姿态出生于我的笔端，我，不能不哭。

一个不很熟悉的朋友问：那些故事里，哪些有你？我答：都有，也都没有。当经历为真的时候，我喜欢遮掩起资深的情感；当情节虚幻的时候，我反而喜欢把自己彻头彻尾地扔进纠缠中。

写字之初，是不在乎别人眼里的好与不好的，只想着写个真实的自己。不仅仅是一些感觉，还包括所有的曾经，用非日记的手法记录自己走过的日子。最好是事无巨细，连斟一杯茶，缝一次衣的体会都写上一写。然而，我做到了吗？越来越多的朋友在读我的文字，他们喜欢着那些故事，喜欢着那些细节，喜欢着我笔下的那个我；而我在他们的反馈里清楚地看见了一个陌生的自己，描了眉眼涂了唇的艳色女子，已经很久没有卸下防备了。

真我在哪里？我问自己问到疲倦。我知道她就藏在心里，不是心的角落，而是铺了满满一个心房。若然把她拉出来见见阳光，势必牵扯出一片血色，鲜红地狰狞着。所以，此刻我的手有点抖，因为终于下了决心写写真实的日子，却还不知道自己是否可以面对留在纸上的痕迹。

太远的日子，是没有什么可说的。少不经事的岁月，在记忆里幸福成一片水白，毫无特色与特别。凭借着自己的一点聪颖和父母竭尽所能的安排，求学与求职的生涯都顺若行云与流水，而那些小小不然的成功与成就也得来得顺理成章。惟一地疼，在初恋的败上，但不是伤在爱情，而是不得不面对一种设想的惨遇破坏。

生活，于我，真真正正地开始在零三年的四月十八日。

此后，我明白一个词语：度日如年。

那天晨起，雨已经落了半夜时光，我打电话给北京一家公司的老总谈周末面试的事情，随后另外一个电话进来，姐姐告诉我爸爸在医院里。什么也顾不得了，我从自己住的地方打车往父母在的城市里赶，一路上雨下得多大，我就哭得多凶。彼时，我并不清楚自己为着什么在哭。

随后，父亲住了四十三天医院，我也住了四十三天医院；他躺着，我坐着。白天里，母亲迎来送往地接待那些来客，我就为父亲张罗三餐；夜色里，母亲要照看着那些插在父亲身上的管子，我就在他脚下不间断地做足底按摩。当整个中国都在说着非典的时候，我每天在发烧门诊的门前至少过六次，不带口罩。

第二十一天，父亲可以坐起，我们转了医院，从普通病房到高级单间，远离了非典，也远离了人群。除了父母，陪着我的还有一个随身听，一只手机，和一本写了很多字的稿纸。那个时候，我每五天要去另外一个城市给父亲买一种中药,然后在每个下午用文火从夕阳即落煎熬到月亮初升,晾到不烫,再端给父亲喝。一些文字,就是在中药的韵味里落笔的。

父亲出院了,但并没有完全康复。医生的诊断为名词性失语和右侧身体偏瘫,母亲就不再上班了。我交接了当时的工作,被调到新成立的部门去,然后被派往另外的子公司学习兼操作。不是没有压力的,只是所有的压力都不能与人说,于是就都说给了文字;越闷的时候写得越多。常常是一个人跑到很远的海边去,一边哭一边唱歌,折腾够了给父亲打电话,说我这里的风景很美。

夏天,满街的漂亮女孩子,我走在她们中间,觉得自己很苍白的老。在电话里和一个哥哥说,我的青春恐怕已逝。那边很干脆,立刻约了同事来给我拍照片,帮我留住最后的美丽。得知我没有任何的化妆品后,他们一致认为这活儿太考验水平了。当天看了样片,感觉很好,不是我好,而是他们把我拍的很好。

三个月的异地工作,一个在北京的男孩子,在八百里外始终电话、短信地陪着我。很多次挂断后,我都认为不是爱情也是爱情了。后来我回了家乡,爱情也回了家乡,他的家乡。我知道他是累了,所以我不能也不该有抱怨。能做的就是看着爱情走远,看着友情靠近。

新公司终于运转了,但只有四个人。我又开始了一个人的生活,开始了二十四小时工作制。已经入了冬天了,我们的空调坏了,暖气也冻了,我要打开所有的灯,点热两个手煲才有力气在办公室里彻夜地拼命。最累的时候,真想在电话里问问那些说着洋文的客户们,你们为什么就和我们不是同一个时差呢?

稍微稳定后,我搬回父母那里,尽管上班会远,但心会安。每天五点半起床,做好早餐,自己吃过,把父母那份热在锅里。六点二十出门,七点四十到公司。如果没什么特别,我会十六点二十离开办公室,十八点到家。若有意外,不超过十九点,我还是会坚持乘一个小时的出租车回家,再晚就只能回自己独居的房子。

念念地要回家，其实也没什么大或重要的事情，只是希望自己可以替母亲分担一些操劳。每个晚上的程序都是固定的。母亲做饭的时候，我给父亲洗头洗脚带做十五分钟的按摩；饭后一边收拾餐具一边教父亲认物说话。

自从父亲生病以来，我便很少出去玩，而呆在家里，我惟一的消磨就是看书和上网。但因为父亲会随时找我，所以每天二十二点之前，我很少写东西；总要等到他休息了，我才能让心安静，才能完整地写一个故事。为了这点爱好，我再没有在凌晨前睡下过。

也曾不孝地雇过保姆，一个月之内换了三个，用到第五个的时候，母亲说别再找了，咱不用。让别人来照顾父亲，母亲不放心，我也不放心，我们都是要亲自做才安心的人；有些累是必须要付的辛苦。

后来还想过以结婚的方式找个帮手，然而我始终无法接受没有爱情的婚姻，结局了了。其实是有想到，即使我肯嫁，那人也未必愿意我在婚后也这样地顾及父母。因了这个猜测，就真地跑去对那个应该叫做男朋友的人说：以后我都会把我比你多的那部分工资给我妈妈。他像看怪物一样地看着我：他们已经够有钱了，很缺你这一千块吗？我心冷了，在那一刻，对山盟海誓的爱情。

我的文字从此转了风向，不再是为爱痴狂，而是爱里带恨，恨里也有无数爱的纠缠。我时刻提醒着自己，付出爱的时候要感性，接受爱的时候要理性，这样比较不会伤害对方。我想保护一切被我爱的人。

仔细算算一年多的时间除了这十余万的文字，我什么都没留下。我知道这样的生活不是很好，但因为有着亲情与文字，它也不算很糟。小的时候母亲教育我：不必攀比别人，只和自己比；目的是让自己的明天比今天好。我始终在这样努力着，虽然从来不知道是不是做到了，做好了。可我因此而快乐着。

"People laugh and people cry, Some give up and some always try, Some say hi while some say bye, Others may forget you but never I。"我很喜欢

这段话。

我把一切经历都当做一种过程,一种必然,一种……成长。而我,仅仅是其中一个小小的点,站在那里,寻找什么,或忘却什么。而我更知道,未来还没来,我的内心还有期待在,行走也就会存在。终究会有一天,我遇到另一个"点",我依然会珍惜,会珍惜如生命。就如同这些字,我一字一字地读下去,我欣喜,我没有丢了自己,我珍惜着自己。

与生命、与生活、与文字,都是一场华丽的缘,而我此生的使命,也不过就是把这缘善待至终,方好安心地离去。

第一章　一半醒来，一半睡去

边缘祭 /3

水行江南 /6

秋天是一只也许的手 /8

声声慢 /10

雪 /15

软夜 /17

烟火 /19

古典相思 /21

下了一夜雨 /26

淡爱在红尘 /28

还一分细致与玲珑来 /30

素心 /32

欲望手记

■ ■ ■ ■

最初的季节,白流苏一样的年纪,正经过的青春看起来像是一条条密匝的幕垂,松松紧紧地遮掩着所有的梦境与现实。我在其中亦真亦幻地徐走,心也就随之深深浅浅地敏感……

夜里读书,最喜欢念古典的诗句。唐时风,宋时雨,魏晋明清里的红尘情事,看一次,痛一回。然后猜测自己的前世便是这样一个女子——低眉、缄口、素手、寸腰。

直到转过整整一个季节,才翻过青春里的一夜,也才明白斜风原本不依细雨,所有的惆怅都只是树梢上轻愁样的霜打,拂晓一来,便消了踪迹。

开始把一切的来来去去看成是缘。用心听了,念了,悟了,记了,却来不及更深刻地思索。表面的张扬,亦或细腻,只是因为,我在成长。

心底的相册里,保存着一个女孩子仰望天空的留影。那个女孩子,是我。我在渴望。渴望回到过去,或飞向未来,但请,一定一定不要就停在此刻。

你一定也有过这样的经历吧,在身外的情与物中寄寓了太多的暇思,自己的身体就总是轻飘飘的。

江南是一双湿漉漉的翅膀,它飞向你;秋天是一只可寻可探的手,它触摸你;古典的物什或者单单只是"古典"两个字,它是你的名字;更多的时候,感觉爱就是愈来愈深的痕迹,却在不经意的时候,才渐渐恍然再深的一场情也不过是红尘里的一丝浅爱……

无声无息地,就睡了,就醒了。

原本,最初的季节,白流苏一样的年纪,曾经的青春终成了一场属于过往的梦境。而我,始终,一半醒来,一半睡去。

◆ 边缘祭

城市有一张天生冷凝的脸,只有站在角落边缘,你才能偷窥到一点点朴实的美丽。

【听海】

心情烦乱的时候,就去听海。

用耳朵感觉海的沉心,自己的伤悲就小成虚无。

潮来漫水,潮去显岸。

闭上眼睛,蓝色在心底也汪成洋,一波一波轻柔地涌进最柔软处。

滩上的礁石是遗失在轮回里的古琴,每一个暗孔都是待抚的弦。

只等那爱了几世的浪花奔来,吟响旷世的瑟音。

夕阳不语,却留无数温情。

在左,在右;很近,也很远。

衣裙也开始轻舞,哀伤的,高亢的;随你的心情飞来飞去。

飞不过沧海的何止是蝶? 还有我俗世的心……

给我一个满足欲望的拥抱

第一章 一半醒来,一半睡去

【雨巷】

是晨曦还是将暮？留恋在漫雨的小巷，时间也乱了脚步。

抬头，一线含雨的薄云默默地移来又散去；低头，小巷从此更了颜色。

沿着幽深前行，每一步都踏在恒久的故事里。

一直一直走下去，会不会就走到丁香姑娘的油伞下？

也许，也许此刻她正在染了青苔的门后偷笑我的痴情；只等小雨袭来救赎我的青丝。

无雨不走小巷。为聆听第一滴天泪叩响青石板的泣声，我已于时光中静待千年。

当轻舞的雨丝飞扬在小巷的上空，我的相思也散了一地。

【黄昏】

一个人游走在陌生的城市，行囊里面是思念，行囊外面有黄昏。

坐在有云、有月、有风、有石的海边，听一首名叫《黄昏》的歌。

太阳的残晕一点点弥漫开，染红了天际，映了一心余辉。

夏日的浮躁被潮起的海水渐渐吞没，空气里可以闻到一丝丝早秋的味道。

或许黄昏催夜，瞬间就老了世界。

我也从天空陷入了沙中，心情开始安静无声。

黄昏的性别应该是男吧，因为只有成熟的男子才能这样的宽容和厚重。

也只有这样的男子，才能把悲伤渲染成浓浓的血色和淡淡的疼痛。

读不懂黄昏的女子，注定也读不懂男人这本写满哲理的书。

我爱黄昏，有如漂泊的青梅留恋那家乡的竹马。

始终相信那是受伤后可以纵情恸哭的地方。

永远都是。

当歌曲唱完,当泪水干去,当悲伤已坠入深海。

行程便近了,近了。

作别黄昏,我要穿越黑夜去寻找次日的黎明。

不知道彼岸是否有我要的幸福?

【雾事】

七月,我从一个海滨城市漂到另一个海滨城市。

只因听说那里的暮雾是有着惊心动魄的美丽的。

夕阳一点点地沉下海去,雾就慢慢地压下界来。记忆里,雾是上好的油墨,随意挥洒却又浓淡相宜。天空心甘情愿地屈做宣纸,任自然一笔一笔地写意涂抹,瞬间便掩了山顶的葱绿、山腰的楼宇、山脚的人群。整个城市隐藏在雾的背后,像是传说的耶利亚女郎,引人无数的遐想和憧憬。

在雾里穿行,长发渐渐被濡湿,一缕一缕地垂在肩背处,似情人温情的抚摸。凉凉的感觉紧贴着肌肤,一寸寸沁入身体深处,灵魂开始轻灵地升腾。喧嚣尘世远了,一步就退到了千年之外,静佝地遥望。

流火的七月,我躲在雾里,如同一个今人返古于唐宋,周遭都是萧萧瑟音,红袖轻舞。而我是个异类,只能局促地观望,眼神心里满是羡慕与渴望。怀着一颗凡心,我虔诚地祈求超脱。忘记琐碎的俗事,忘记狭隘的痛苦,忘记无谓的烦恼……甚至忘记来路,忘记归途,忘记自己是谁。有什么关系呢?如果我因此快乐,忘记了也没有关系。

【茶铺】

在江南的古镇里走过，满目都是灰瓦白墙，木轩石板。赏景最好的去处，据说就是面前这座水上轩。

姑苏的阁楼，悬水而居。没有题名的横匾，只在檐角垂一旧色的木牌，用小篆简单地写了"茶铺"二字权作交代。楼梯是外置的，由于经年，扶栏与踏板都已磨擦的不见了木纹；踏之，依稀是步了一段陈事。

拾梯而进，厅堂的最深处有约五尺见方的一块台子，暗红色的垂幕和地板与散落的十张古檀仙桌自成天地。白发白须、青衫青裤的老者端坐堂央，一枚短笛灵舞于指。未闻名曲，却是不尽清音。

煮一壶明前雨的芙蓉于夕阳里品茗，将凡心一点一点地润入古曲。窗外素色染景，一条未名的河轻轻柔柔地湿了一镇空巷。所有的弄堂尽头就只能是桥，或长或短、或弯或直,默默地将两岸衔作一处。乌篷船无声地来了又去,摇曳的姿态像极了江南闺秀。很难不去猜想摇橹人蓑笠下的脸是怎样一副逍遥的笑颜。艳阳淡去,薄雾袭来;分不清楚是镇建在了水中,还是水困在了镇里。天然浑成,浑成一体,是怎么也断不了的牵绊。

月攀小轩,方觉曲散与茶凉。风吹无声,帘动无声……天地间安如空境。中梁高悬的青灯萧索地闪着微光,那燃烧分明是逾了千年的期待。惊堂一木,兵戈铁马,自说书人口中浩荡奔来。一切都是幻觉,一切也都真实地存在过。

【评弹】

一款挽袖,一折绸扇,一条绣荷的丝帕……

一栈茶楼,一张方案,一个抚琶的女子……

艳唇轻启,低吟成歌,恍惚身回吴越的纱帐;正沉迷,幡见"敬亭遗风"的小缀;于是不得不认,一切只是评弹。

赏评弹,第一次只来得及忙碌地看。看眼神触及的喜怒,看扇掠剑舞的挥洒,看巾帕绕指的叠起,看瑟弦律动的急徐。赏评弹,第二次才有心境静静地听。听前朝的三两旧事,听今夕的英雄赞歌,听万马的纵横驰骋,听孤女的幽幽怨曲。

评弹是江南的乡音,更是最初的江南。即使今日,但闻琴瑟微扬,心灵就穿了古城小巷奔赴美丽的姑苏。战场无烟,情场有泪;漫步也好,跋涉也罢;江南的豪情与温柔都断在弦拨之间,谁还追问岁月身后的几许憾事轻愁?

"……下回再讲,明日请早!"音止,才觉又临一次散场。踏声渐去,惟余帘雨。最恋此景——江南梅雨映评弹。一滴漾千波,一曲唱千年,都含相思。

给我一个满足欲望的拥抱

第一章 一半醒来,一半睡去

秋天是一只也许的手

【知秋】

拂起，静如未央，隔窗听闻晨风叶舞。

挽幔纱，临小轩。一抹凉意袭来，瞬间就覆了整夏的燥热。
夜去园红，非近暮色，却还是不由得叹息：四季的黄昏，悄悄地来了。

没有线，却放了无数的风筝。淡云，艳叶；随意游弋，随性飘零。
纵使铺了满天，纵使散了一地，最终都绚了双目，染了裙裾。

耳边，有箫声传来。无论怎样追溯，仍在背后。
此情此景，乱了的不止是眼，还有心……

【舍秋】

去帆来了，盈盈绿水中，静静地等。

怎么举足？满庭落叶泣血的凋零着，每踏一步都牵情。

它们以最后的生命淡舞一季轻愁，也用疼痛的呻吟挽留将去的心。

搁步阶前，坐于檐下，且听秋天的残曲。

恍惚记起，前世的前世，也看过这样的景致。

离门大开，瑟风催程。纵有不舍也到了别时。

拾一片微红，做行囊；再留一笺，做归期。

也许我会忘记 / 也许会更想你 / 也许已没有也许。

【忆秋】

尚未转身，思念已经泛滥。

低头，不看前路，自欺着还在原地，还在昨日的怀里。

怎么离去，怎么离去！诺言如歌，谁人能不留眷恋？

紧紧衣带，更添萧索；在心里，也在泪里。

疼惜的手抚来，湿了巾帕，没了此生的清河。

一曲近尾，依旧缤纷呈色，再阅落叶，读的都是回忆。

那薄得不能再薄的季节呵，不忍猜破，不忍猜破。

给我一个满足欲望的拥抱

第一章 一半醒来，一半睡去

声声慢

一个人的夜,总要燃了些声音来化解安静。许是因为太用心,于是常常连人带心的跟了去。陈曲,由此苏醒。

【说箫】

一群妖冶的女姿,一壁纷飞的裙裾,有没有人在歌舞升平里,留意那一支沉寂的箫?

偌大的殿堂里,一支箫与一桌尘。轻抚,尘即去;但怎么才能抚去箫的落寞?

怜箫、恋箫,缘于生命的顿足。

箫是深闺里的女子。有着比林黛玉更刻骨的忧郁。一件紫色的袍穿到终老,是光阴也褪不去的罗裳。夜静如水、月淡拂云的时候最适合听箫,整个世界的耳朵都为这一个声音清醒着。不知来处,也不必问知来处,与之轻舞,便飞扬一夜梦境。

箫是最堪等待的情人。一次次相遇而不相识,寂寞了手,也寂寞了箫。一切磨难都是弹指,在有温暖做终点的路上。箫,为此可以无休止地等。等在轮回透明的翼上,等在岁月张开的掌里。

箫需有缘才能靠近。而这缘是从前世的前世就开始累积的。无缘的人听箫只觉悲情,有缘人才能体会其中悠远。"如果你的耳朵再也听不到世界,那我就在你的心里奏响",箫原本是为心鸣奏的曲子。

这个世界,懂箫的人不多,李清照却一定在其中,所以才能写下"欲说还休""最难将息"的句子。从此箫就有了宋词这个知己。

一人独对一管箫,一唇轻舞一箫声。
何时箫声再起?

【谈埙】

呼声,穿越七千年的时光来唤你,是怎样的惊心与动魄?
听一次埙,便明白。

最初的埙是居在山林的隐者,被王侯意中方入了皇宫的殿堂;深闺经年,仍不丢旷世之本色。置身,不能不沉思,更不能不怀古。其声古朴、浑厚、低沉、沧桑、神秘、哀婉……是时光流逝的幽深,也是墨客叹息的悲戚。千年不敌弹指,闻之,已朝更代移。

最宜听埙的季节在初秋。"以水火相和而后成器,亦以水火相和而后成声"。只有秋天的金色和冷凝才配得起埙之籁音。空灵传来,如丝绕心。一幅素描淡笔于目:微凉的暮风拂过枝桠,埙是梢头最后凋落的叶子;薄暖的阳光掠过草丛,埙是稞尖最后升腾的露滴。都是不再重现的美丽。

最当以埙鸣奏的曲子是《楚歌》。"灯暗数行虞氏泪,夜深四面楚歌声"。只有埙,才能恰如其分地歌出英雄困战的欲哭当泣;只有埙,才能顺畅淋漓地表尽霸王别姬的悲怆凄婉。那低低的一声尾音,今天听来,依旧惹人为之黯然。

传说,埙是由土而生的。一只混掌可尽捧世间的尘埃,但如何能握半寸的埙体? 若此说为真,埙也一定是高人大俗过后的大雅之作。

更深,有埙为伴。都市亦安如空谷,有幽兰在最柔软的心里盛开,溢了一夜的馨香。

【赏筝】

姑苏的城池,杨柳堤岸,有月更有盏盏渔火;小轩绵廊,有乐,更有默默赏心。拈一杯首沏的香茗,轻闻散韵,安望筝之舞姿。

意念中,筝是空悬的弦,不依托任何俗物,而能自响。沾尘的手不配舞它,落埃的心也不配听它。只有睿智或深情的人,才可靠近,但也只能是隔案的静赏。

筝乐如酒,慢慢地品方觉郁香。如丝,似水的音轻轻地洒在空气里,再一点一点地沁透心肺。不见昙花,却也悄然绽了淡雅的娇容;不是彩蝶,却也寻香缭绕了一园的炫色。薄薄地就醉了,在这溢情的软夜,在筝的柔怀里。

筝也有如杂文般的犀利。一些片段,篆刻在琴弦上,隐藏在板身里,待一人拨起。春秋的兵戈铁马,唐宋的英雄当歌;在素手的律动里浩荡着迎面而来。不能躲避,也无处躲避,直直地就正视了一次历史的淋漓。

一壶茶早已冷了,筝音犹在。恍然就明白:有一种声音,是可以用来当酒喝、当诗吟的;甚或这声音嵌入骨髓,还可以为心照明,与人修颜。

忆起许久以前看过的一幅画,只简单的勾勒了一个在远山下舞筝女子的身影。让我忘不了的,除却图,还有角落里的题字:素手弄筝,春山黛眉低。芳音妙,清月共婵娟。这般情景,再附上"且到终南山下,燃一缕饮烟,开两亩薄田,垦三畦菜蔬,植四棵杨柳,种五株海棠,栽六丛湘竹,垒七星茶灶,摆八仙木桌,作九曲神谱,弹十面埋伏。"也不足为过吧!

【读二胡】

老村,旧泉;一弯含羞的月,一棵亘古的槐。

髯者,胡琴;一腔前朝的泣,一夜自游的梦。

乐音如丝,引你随入境来。从此不见乱世不闻嘈杂,惟有二泉映一月。

月色淡如泉水,泉水盈如月色。有月,才映了泉的玉骨冰魄;有泉,才还了月的柔情相思。而胡声叮咚,是月色,也是泉水,更是奏者的故事。

都道:月是阿炳的月,泉是阿炳的泉。知者却言:二胡讲述了平民的阿炳,阿炳读懂了平民的二胡。

是的,它是属于平民的,再没有哪件乐器如二胡这般肯于垂青平民了。一根咫尺的短木,一柄简单的雕筒,一块普通的蛇皮,一串顺滑的马尾,两根亮色的细弦,都是黄土地上的平凡之物。陋巷、闹街、弃舍、残墙,越是底层,这鸣响越是清晰。而在歌舞升平的奢华里,它便只做隐者,大隐隐于市的隐者。

许是太不喜欢张扬的缘故。多少年来,它的名字都是呻吟的代名词,那是没有仔细聆听过它的人们自以为是地命名。单调的音色或者真的如孤灯首叹、空山鸟语,但为什么不给它集体演奏的机会呢? 流畅的曲调,跳跃的音符;低沉的咆哮,高亢的嘶鸣;君不见黄河之水天上来吗?君不闻万马之蹄争先过吗?这才是二胡的本色。

因着与京剧的缘分,二胡被看做是中华民族的古乐器之一。闲风翻书,才发现:"胡琴——顾名思义,是西域胡人所传过来的,并不是中国的土产。在一千多年前的唐代,中国北方有一个奚部落,有一种乐器近似于胡琴,称为奚琴,后来因为

'奚琴本胡乐也',就改称为'胡琴'了。胡琴又名二胡。"

了解了二胡,便又对我们的老祖宗多了几许敬佩。

雪

雪来在梦意正浓的时刻。

朦胧的晨曦里,我和雪花都静静地飘在白皑中。

薄薄的轻,入眼,是落凡的精灵。坠在眉尖就在上面筑了巢,坠在鼻翼就撒娇般地钻进了肌肤里。丝丝的微凉自那小小的触点传来,一寸一寸地浸到灵魂深处;整个过程虽然缓慢,却暗藏着不易察觉的倔强。于是开始怀疑,以种种遐想猜测着宿命背后的线索。努力地寻找前生的前生的因,解今世逃不开也躲不掉的纠缠。

心,不忍看成群的飘落;掌,也不忍突兀的伸出。担心手及处,先就撞碎了冰凌花的青春,然后是一季梦想。六菱,便也牵了六世的情;每割舍一次,都是彻骨的疼。疼到最后,或随风散去,或化入土里,只余半寸浅薄的味道与淡得不能再淡的痕。雪之一生,人间一瞬,都是写好的结局。

无声的,就采了满头满肩的雪。颔首,触目,都是惊心的白;纯到洁处也惊心。

给我一个满足欲望的拥抱

第一章 一半醒来,一半睡去

若曾亲眼历数过上亿片抵达即融的花逝,若曾留心观察过层层冰凌有秩无序的漂染,内心里就不得不生许多的钦佩来。再小再小的生命,凝聚着也就有了新的名字,我们称它作:强大。

一缕叹息,随雪而来,随风而去。仿佛这一叹,就吐尽了凡尘的浊气,俗心也得以净化与升华。开始用新的颜色看世界,看他人,看自己;直看到再也看不见的前方去。即使行走依旧,也和时光渐隔了岁月;停顿在过去和未来之间,我们叫这个时刻为:现在。

◆ 软夜

又是一场暮雪,天一点一点地暗去,地一层一层地白起。不再用灯光牵强地握白昼的手,凡心,甘愿地沉沦。我把这样的晚,叫做软夜。

黑夜里看白雪,无数的绝美,迎面而来又纵身而去,像来不及开始便已结束的爱情。风,因此传言:你是我的艳遇,救赎一次濒临死亡的心跳。世界为之哗然,而我安笑。缄守前缘的秘密,我清楚:雪不是你,而你却化作了雪,借了短身来和我践这一夜的小约。

雪来后,烛光放心地睡去,纵使没有月,醒也不是寂寞的。眼睛累了的时候,耳朵就站了出来。夜,就被心听成了一首缠绵的歌。小情小爱的前奏,大割大舍的收尾;分了段落的词,反复在唱着不能再远的近和不能再近的远,是宿命里谁和谁的距离?

夜,静得热闹;心躲在寒冷的背后悄悄思索着生与死。倘若雪的一生就是生去

给我一个满足欲望的拥抱

第一章 ○ 一半醒来,一半睡去

散灭,夜也如此,人可会有不同? 辗转轮回里,到底哪些值得牢记,哪些更须付之一笑? 或许就顺了那句古语:洁来还洁去,不牵不挂地离开?

伤怀被敲响就叫做痛楚,寂寞被撞击就叫做苍凉。黑夜给了我们黑色的眼睛,我们却用之来错误地搜索黑色。幸好今夜有雪,唤起心里早已死去的白色。恍然,想起,这个世界还有一种颜色叫做幸福的暖。黑色不是,也不该是我们的全部。

一种黯然开始自心里散去,如同海水的退潮,温顺而迅速。世间种种,总不过是邂逅与别离的更替,自然是它最好的归宿。也许有一天,痕迹也将淡忘在流逝的岁月里。

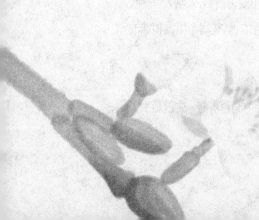

◆ 烟火

　　过往总在很深的夜里来纠缠，于细若蝉丝的灵魂上舞蹈不止。周遭越安静，心里的那个场就越喧腾。而我不能动作，时光既然分隔了今昔，观看就比触摸更加智慧。

　　向来认为不必每个夜晚都月悬中空，真的不必。但是，星星一定要多多，寂寞的时候可以数来打发时间。若这个愿望也得不到老天的兑现，我还可以用烟火来救赎惶恐的心。

　　在十二楼的露台上，听风，看烟火。在无数的升腾和坠落里，猜测一种生命的结局。

　　看看天空，是黑黑的蓝，没有尽头地延伸，可以飞翔的空间。伸手，心就扬起，连同多年沉寂的梦想与愿望。周遭都是方向，但没有一个方向清楚地刻着你的名字，每一种选择都是无数的可能，没有人知道其背后的谜底。

烟花,绽放与残败,都在眼前。一个瞬间,又一个瞬间,来不及的挽留和怀念。像不像我们青春的过场,匆忙而又自以为是地张扬着? 这样的对比里,一颗敏感的心,甚至无法确定哪一个更为短暂,是烟花,还是我们的青春?

色彩,染了满目,落了满心。闪烁间,就把夜幕想象成一幅画屏,每一次点燃都是一朵绝美的双面绣。只是这美丽太难捕捉,稍微地眨眨眼,便失了颜色,连痕迹都不曾遗留。观其思己,心里不免戚戚然,我可在这一程行路里留下了足印?

奔跑的汽车,后退的城市,交错的方向,停顿的思绪。一些声响依旧歌唱在城市的上空,而我落在凡间。从城市的一端到另一端,寻找着一个未知的出口。一张张陌生的面孔,迎来送去,缘分单薄得像蜻蜓的羽翼,不敢碰触。

一个人的心房到底有多大? 装不装得下深深的爱和浅浅的恨? 或许,就在音乐喷泉的旁边,顿顿足,摇摇头,爱恨就也成了花,跳跃在初春的季节里。然后就听到了成长的声音,告诉你一切都会过去,爱,还有恨。

◆ 古典相思

它们都是我的喜爱。因为喜爱，我在反复吟诵。

【二十四桥明月夜】

青山隐隐水迢迢，秋尽江南草未凋。
二十四桥明月夜，玉人何处教吹箫。

——杜牧

江南，扬州；瘦西湖，明月夜。

据说，最初只是一情一相思，一世一相见；后来缘积成灾，才有了这座湖上桥。在容易发生故事的地方看时光游水，总觉得是在重读旧时的大情与小爱；一段段缠绵纠结成虹，轻易地就牵了两岸的衣袖。倘若没有向下的坡度，恐怕真的就可以忘记自己不过是烟火人间里的饮食男女，而专心去演出一场忘尘之恋。

除了风，明月是今夜厅堂里惟一的来客。缓动的湖水折射着月影，错觉中竟是疑坐在月亮微暖的怀里，手里还握着它柔软的芒。一弯胖月，几道细波；拱桥为蕊，西湖作瓣，古城在这一刻绽如睡莲。心还醒着，脚却低语着橹入梦；不敢以染尘的履惊扰良辰美景，不如睡去，不如睡去。

幻想，在夜睡了以后开始舞蹈。每一条路过的风，都被写意追随，化为抚箫的玉女，然后开始慵懒地唱晚。细浪开始与拱石告别，呢喃着尚未分开便已泛滥的思与念，顷刻间离愁如雨，浸湿整个暗夜。心中箫声四起，忧郁而凄婉。

拂晓，凡心被安静吵醒。带了一双好奇的眼睛寻了又寻，仍旧查找不到仙踪留尘的痕迹。怀寞落归岸，不经意惊了柳条，一颗酿了整夜的露珠儿落向芍药，瞬间便隐了相思。仿佛一切从未来过，又仿佛一切都早已过去。

【纵使相逢应不识】

十年生死两茫茫，不思量，自难忘。

千里孤坟，无处话凄凉。

纵使相逢应不识，尘满面，鬓如霜。

夜来幽梦忽还乡，小轩窗，正梳妆。

相顾无言，惟有泪千行。

料得年年肠断处，明月夜，短松冈。

——苏轼

一纸徽墨，思酌十年；终选了今夜，践这场情约。

窗，虚掩着。明月、繁星关问而来，细细碎碎地挤了个满堂暖。木几，铜镜，一盏浅燃的微烛；素唇，淡眸，十只白皙的纤指。单点落樱，双描绣目；吻，抿在齿间，抚，顿在发际。每一动都牵扯环佩叮当，而每一响都是从未生疏的相思。

风,从松尖吹来,冷冷地推了生奔向死;连残梦的余韵也决绝不留。弦,断在别离处;泪,垂在欲滴时。再无灼人脸庞的目光,再无紧紧相拥的怀抱,再无喃喃入心的耳语,也再无卿卿我我的良宵。玉人依然在,却空空熬白了夜。

迎面,那人安静地望。不问,眼神已经探了千万遍的好与不好。昨日才别,怎就霜了两鬓,暗了双瞳?如此,斯人又怎能安心放手,一别天涯?寸寸进,寸寸远,能握的只是嘴角那一抹仅为伊人的笑,却也刚刚热到凉凉的温度。

莲莲诀,声声慢,辗转诉相思;一滴藏情,两滴关爱,三五滴后已断肠。纵使分了今生,也不与君别;权当此离是来世的先约,一个先去一个追随。没有盟誓,但,也请不要忘记:无数无数的十年后,伊人仍要山遥水远地回来这短松岗,开轩窗,再梳妆。

【更在斜阳外】

> 碧云天,黄叶地,秋色连波,波上寒烟翠。
> 山映斜阳天接水,芳草无情,更在斜阳外。
> 黯乡魂,追旅思,夜夜除非,好梦留人睡。
> 明月楼高休独倚,酒入愁肠,化作相思泪。
>
> ——范仲淹

始终猜测,此行只是小别,小别之后会有大相聚。于是远山不遥,近水不深地去了,却在回首时才惊觉,来路没有灯火,没有可望见那身影的阑珊。

一顷蓝天,半垄碧云,千百竞相飘零的黄叶;安静里的纷扬,乱了的不只是眼,还有心。木舟游弋,闲拨一江绿水,仿若一次偶然的探首刚刚好便见了一个女子的秀眉;轻轻浅浅地扫了个明眸善睐,惹人越看越想看。然,仔细地品过这娇媚,目光所及却是那般萧索,一橹一橹地摇过,都是寂寞;筏,命定地搁浅在深水的秋色里;没有乡音,便再难前行。

斜阳，逗留在沉与未沉的边缘；

相思，悬挂在夜与未夜的中央。

借一潭水，能写几页情书？邀半弯月，能唱几寸牵挂？

如若再央了帆，此情此景会不会就入了佳人的梦境？

山尽水穷，不是出尘，而是返俗。连曾经憎恨的面孔都隐了笑意，还有什么不能原谅与释怀？高楼轩榭，他乡赏旧月，忆的不过是往事与故人；酒不再是酒，是滴滴相思泪。触目，依旧无灯火，却已处处映阑珊。

【恰似一江春水向东流】

春花秋月何时了，往事知多少。

小楼昨夜又东风，故国不堪回首月明中。

雕阑玉砌应犹在，只是朱颜改。

问君能有几多愁，恰似一江春水向东流。

——李煜

从春天，到秋天。

以隐忍的姿态，等花谢，等月落；等一朝来一朝去的时更节替。

第三季，终于明白，故土未改，故国不再。

轮回，是个需堪等待的神话；且，无约期。

夜风，卷了前尘的气韵，自东而来；绕小楼五梁，顾影西去。恍惚间，静轩素阁便只能呆呆薄薄地站在酩酊的边缘，做一副碰碰就碎的赏色。

未央里，残留着最后一寸醒。宋装覆掩着唐心。纵使了无寒意，仍不是原本的暖；肆意、放纵、无尽、无度的暖；燃亮整宅的烛，也找不回的暖。

回首,往事如梦;遗梦,也属不易。

再深的廊,都不敌怀念来的绵长。一踱再踱,也走不出今朝;一退再退,也返不去前朝。一滴泪,就再也没有了被噙住的理由。不能想,不能不想,一些模糊的面容和三两辗转的身姿,可还有当初的绿肥环瘦?

一襟春花,两袖秋月,再三轻拂,也不过换作一襟月两袖花。叹息,由心而生。一声,击响了檐下铃;一声,叩动了门上环……

一曲终了又一曲,都是今夜的《虞美人》。闭目,听音;怅惘于歌中散了一地,没了相思。

给我一个满足欲望的拥抱

第一章 一半醒来,一半睡去

◆ 下了一夜雨

雨，无约而至。一个略微惆怅的疏忽，漫天的水竟已透湿了初夏的衣襟。

隔着窗，屋内是一个人的空荡，屋外是千万雨的熙攘。于是焚了香，寻着细小的光和热，迎近雨，求个简单的不孤寂。

始终觉得，雨，是要听，才更能体会其韵味的。因此，最让人流连的雨，注定的该在夜里。世界无声，惟有雨。远处近处，这里那里，点滴错落，错落韵致。入了心，即生了根，渐渐长成藤，爬向透明的那一边。天，暗得不能再暗，依然有丝许光明。隐约地，一滴，自檐上飞下，经由瞬时的旋舞坠身阶前。撞了，碎了，溅起的，是谁与谁的诉说？

打开窗，就更贴近雨。潮湿的气蕴缠绵而来，是不能拒绝的温柔。尽管夜哭着，心里却有了虹。掬一捧雨悄悄藏起，等太阳来时酝酿成酒。这酒，当是不能随便赏饮，势必知己才好共品，否则就淡了醉情。

怎么走进梦里的？这个过程隐成永远的秘密。只依稀记得梦里也都是雨。它们成群地牵着手，肆意地进入和走出思的门槛，仿若贪玩的孩子初见了海，还有潮水。有感于此刻的喧嚣，尾随而去。意外的，遇了发如丝缎的女子，安坐在不确知的角落；看不清面目，只做那是绝世的美人，只当她有百转的愁肠。怜惜，酸痛了今夜。

也许，是雨醒在了天亮之前；再也许，是它本就没有睡去过。千间瓦屋，万株槐杨，妖娆地开在晨雾里。狠狠地，呼吸一次，昨天就远了。今日来了，一只蝶，从心里飞了去。

水上有影，还有诗：它绝不衰残。

永远，你在爱，它在吐艳。

第一章 一半醒来，一半睡去

给我一个满足欲望的拥抱

淡爱在红尘

【随意】

我养过四次君子兰。

第一次,我每天给花浇水,它枯萎了。行家说,花被淹死了。

第二次,我经常给花施肥,它枯萎了。行家说,花被烧死了。

第三次,我把花种在一只精美的紫砂花盆中,它枯萎了。行家说,紫砂花盆虽漂亮,但不透气,花的根烂了。

第四次,我把花种在一只土盆里,也不管它。它呢,反倒长得叶片肥厚,神采奕奕,现在已开花了。我将它置于案头,花儿赏心悦目。

我想,刻意不如随意。

刻意去追求,往往事与愿违;随意去碰撞,或许有意外的收获。"无心插柳柳成荫",大概就是这个道理吧。随意一些,人可能活得更愉快潇洒。

【随心】

　　曾经以为自己还年轻。因为年轻，便总是肆意挥爱。年少的字典里简单得仅有"前进"一个词；却不知道，只要轻轻地回过头，一切都会不同。于是青春的墙壁上，总印满了伤痛的痕迹，再厚的青苔都遮掩不住。多年后，手指抚过，安慰的除了过往，还有心灵。

　　经年以后，在崭新而匆忙的城市里逶行，却渐渐地爱上了散淡的过往。喜欢看那些早已沉睡的文字，读那些才被唤醒的旧情。当人和人越来越快地交错，我不能不留恋空气里残余的温暖，那是惟一的不寂寞。

　　也许岁月是一本极精致的书。但我只用散文来表达。写最简单的文字，绘几页浅色的素描。芙蓉茶静置在古铜色书桌上，而我在夕阳中阅读自己的心情。天，一点一点地入夜，我却把自己留在了阳光中。

　　呆呆地静视黑暗，用心跳来计数生命；一下又一下地眨着眼睛，便已走过长得不能再长的黑夜。爱与不爱，此刻都是虚无。或许，我更愿意用大爱来对待爱我的人，打开私心，放他们到世界的天空里飞翔。

给我一个满足欲望的拥抱

第一章　一半醒来，一半睡去

◆ 还一分细致与玲珑来

冬天,花房,红红粉粉里走过,就看见了它。花瓣细如初萌的芽儿,蓝瘦蓝瘦地张扬着;一朵一朵花萼淡黄而无声的盛开着,让人联想到生命的姿态。靠近,这小东西就在我的鼻息下轻轻地颤抖,心便不能不生怜惜。它和我熟悉的那些个占满我小小花园的玫瑰、石竹是那么的不同,我想带它回家。

于是我的卧室里就有了一大束天堂鸟,在太阳可以照到的书桌上。

有阳光,有鲜花,我的小屋胜似天堂。

夜夜更新,直到夏天。

一日,朋友来访,批评我辣手摧花,好端端长在土地里的花儿偏要剪了困在瓶子里。我争辩着这美丽也是花了金钱做代价的。朋友一脸诧异,把我拉到园子里,在东侧的花圃边上,我看见一条由天堂鸟拉开的花边淡黄浅蓝地绽放着。原来生活虽在别处,风景却在身边,这美丽一直守候着我。

查过资料，知道它还有另外的名字——鹤望蓝，记忆开始渐渐苏醒，依稀想起去年的去年一个朋友给过我种子，可早已经忘记什么时候播种过，更别提养护了。

友人调侃着：你这样精致的女子也有疏忽的时候？思索略微，我只能说：精致不等于细致，更不是玲珑。

这个世界上精致的女子有三种，一种精致在面身，我们谓之美女；一种精致在手口，我们谓之为才女；最后一种精致在心灵，我们却常常因为无暇细看而忽略了去，殊不知被忽略的才是最生活的。

我是女子，但也爱女子，尤爱那些对生活充满热爱也投入热情的凡心女子。她们或许没有艳丽容颜与干练身姿，也没有白领生涯和小资情调，甚至从来都没有和时尚相遇过；可是这般女子都有一个细致的怀和一颗玲珑的心。她们懂得如何面对自己的平凡，懂得如何去全心地爱一个人，懂得如何把家营造成一个港湾。和她们在一起，总觉得阳光很暖，黑夜很美，世界很安静，日子很如意。

我喜欢和她们在一起，因为觉得潜移默化的也许可以去了自己的浮躁淡了自己的俗念，惟一遗憾的是我不是男子，无法光明正大地娶了她们朝朝暮暮，于是不得不眼睁睁地送了她们一个一个嫁做他人妇，回头再对着那些岁月无奈地嚷着：还一份细致与玲珑来，给我！

PAGE 31

给我一个满足欲望的拥抱

第一章 一半醒来，一半睡去

◆ 素心

素心,当是最为安静的那一刻,最为干净的那一颗。

素心,是把自己还给自己的得来。

这个世界一直很缺少安静的从容与干净的友情,因此素心不易。

写字间在十二层楼上,隔窗望出去,可以看到很远的山和很近的海。没有事情做的时候,我喜欢站在大大的露台上,安静地与之对视。任春风秋雨加紧着来再散淡地去,而我终年不变。

久了,青春渐失颜色,磨白的印记里,早已学会遮掩表面。一切依旧过目,但已较少入心。思绪,开始苏醒,在某个将暮未暮的时分。尝试着在风景处看自己,看来路去途的甜与苦。

独处，更是问心。

夕阳斜去，自己的身下还是自己。一直都觉得有个人在默默地忠心守护，追寻着所有的落寞与伤悲，却原来是自己的影子。曾一度以为那个暮霭里撑伞静待的男子是今生的树，却在离去多年后才明白，我的归依原本是我。

看天，红尘是蓝色；看地，红尘是冰冷。眷恋红尘，也不过是因为我在红尘，因为红尘有我。而我只是透明的一滴，残留一点水痕等时光将之滤干。除此，我不知道自己还能带给这世界什么。

喜欢极了眼前的风景，也想把自己站成一道风景。翻看两手，让左边牵住右边，自己和自己做伴，是贴心的温度。如此，已足够。

给我一个满足欲望的拥抱

第一章 一半醒来，一半睡去

第二章 半个失眠的枕头掉下来

我想我会一直孤单 /37

午后里的想 /40

晚安，城市 /42

走，在有阳光的晨里 44

他城 /46

在青春的相册里，我只瘦成短短的一行 /48

一部开满狗尾巴花儿的电影 /53

秋夜·城市·一些温暖 /56

半米阳光 /58

很淡很淡的灰 /61

我是安在 /64

寻找被我遗失的那个女子 /68

未来的样子 /71

清晨里的闲思散绪 /73

永远向阳 /76

欲望手记

第一次触摸寂寞,源于一本借来的书。此后,不再关心朝花几时开,夜雨几时歇;只想要一个怀抱,让我一睡千年。

开始渴望自己凉凉的手被一只温暖的掌牵起,迎着夕阳,沿着那布满绿荫的旧街道穿行而过,许多陌生的面孔在两侧来来去去,但除了身边的人,都是与自己无关的。

懒懒地想着心事,天就黑了,人就累了。

爬上床,竟然开始失眠。

有人说,失眠是爱情的眼睛。可是,我什么也看不到。

翻阅那些略显陈旧的相册,一遍一遍地看,在第 N 遍的时候发现——在这本青春的相册里,我早早地瘦成了短短的一行。

夜里,便开始需要灯,或者把棉花攒在胸口开出骨朵,抚摸自己。

再或者打开一些声音,射向我,但不是自己的声音。

或者另一颗心跳声。

我迷惘在另一个世界里,遇不见哪怕一场救赎。

于是,我开始寻找半个失眠的枕头那么大的地方,让寂寞脱手。

天亮的时候,我听到有人对我的心说:

晚安,亲爱的。

那么晚安吧,我只允许我失眠一半,为了一个字。

◆ 我想我会一直孤单

　　七点二十分的阳光,虽在夏日却没有暖意。我眯着眼睛端详了好一会儿太阳。身后来自不同方向的人们正以极速向不同的方向散去。这就是我的梦想之城了。拉拉背包的带子,踏步前行。

　　买了一张票,三元钱,北京的地铁很便宜。挤在上班的人潮当中,我悠闲地猜他们从哪里来又到哪里去,哪个人昨天熬夜了,哪个人最近正在走好运。这是我一辈子都不会玩腻的两种游戏之一,永远的新鲜。另一种是我喜欢穿行在无数张互不相识的面孔当中,喜欢那种错过了就不会再来的相遇,喜欢把自己隐藏在陌生里。这个城市满足了我。

　　明晃晃的无影灯,明晃晃的化妆镜,将皮肤映得格外白皙。美容顾问一直在赞叹着我身材玲珑和手指的灵动。而我看到的却是镜子里一张极其苍白的脸和几近失神的眼。这个憔悴的女子是我吗? 我几时老成如此的? 自问,让我唏嘘。做学生做得太久了,至今也脱不去稚气。一直觉得素面朝天是最平实的美丽,却忘记了自己已渐入该学会遮掩的年纪。听美容的种种，不异于听一种新的语言。被问及感受，我只想说做女人太辛苦。顾问笑笑，安慰我说是习惯就好。二十一天，就会养成一个新习惯。可是这二十一天我要如何煎熬才过得去？脸上渐渐写满了不耐的神色，我们只好停下来，聊些别的。清楚自己的冥顽，更是同情我的顾问。拿了整套的产品，出了门，我祈祷不要再遇上她。那些大大小小的瓶罐注定要寂寞在一个角落里，而我还将赤面行走在城市当中。

酒吧的小舞台上，黑衣黑裤的女子在清声地唱着：喜欢的人不出现，出现的人不喜欢……垂腰的长发遮掩了半面红颜。我不知道那个落寞的身影是不是我。没有音乐，可以清楚地听词，每一句都如针，一下一下扎进身体，肆意地碰触心脏。天已渐渐暗了下来，陌生的城市，一样的漆黑。喝了些汤力水，继续上路。

一百八十元一夜的单人间，竟然有一扇落地的窗。赤裸的身体裹在浴巾里，我可以从玻璃的反射中看到肌肤的气晕。没有灯光，我也可以很美丽。透明的另一侧，天的泪水如泉涌，每溅一滴都开成一朵花，花开多了就一股一股地凋零成河。我的手指随之扭动，侧目四十五度，可以拼出结果：I am a lone, but I am not lonely。突然地就有了极深极深的倦意，不想移动，甚至不想睁开眼睛，不想呼吸。就在黑暗里静静地坐着，似乎只有这样才能走得过混沌的界点。

夜半，胃痛。一个人，坐在暗处，为心跳计数，但还是不能缓解刺心的疼。摸索着，点了一支烟，ESSE 的微香飘了一室。轻轻地雾漫过我的肌肤，竟然有一点点的凉。追着、追着，想把它们再复收回来，却是徒劳。手机就在左边手及处，可拿来又能做什么呢？百余个号码，能一起喝酒，不能一起捱夜。寂寞的时候就只有自己寂寞着吧。把身体蜷起来，压住胃口，感觉好了很多，竟也慢慢睡去。早晨也是这样的醒来。突然就想到一种生命，刺猬。也许这就是本来的我。

好多 QQ 里的好友被移动到陌生人，理由如下：根本就不记得是谁，或者已经太清楚他／她是谁。交际里的两个极端，都让我有逃的欲望。找一个人陪着是件容易的事,找一个人来懂你则向来奢侈。一个人或许孤独,但也没有打扰。对朋友说:我失恋了。没有人相信是真的,因为他们还隐隐地听到我的笑声,看见我的笑意。仔细地看了看自己的心,流血的地方也似乎并不憎目。终于以事实证明了自己的空心,一切都不留痕。痛亦无痕。我一遍一遍地发问:我是一个什么样的女子? 答曰:妖精! 一个自己快乐却让很多人痛苦的妖精! 这就是我吗? 网络里的朋友说:你是一个有故事的女子,但好在没有沧桑的味道。我回他一个微笑的脸,却不能告诉他这张美颜已经丢了心。

刘若英在看不见的地方唱着:我想我会一直孤单,就一辈子这么孤单……我的心一遍一遍附和着,不知道这是不是一种结局的来临。一个人过一辈子,到底可不可以? 寂寞的时候谈一场短暂但不怀希望的爱情,任性时也可以躲起来流浪。不必磨合,不必迁就;也就不必苦恼,不必争吵。安安静静地,守着自己的灵魂,有人觉得不好吗?

第二章 半个失眠的枕头掉下来

给我一个满足欲望的拥抱

♦ 午后里的想

　　坐在飞驰的车里，身前身后都是暖暖的阳光。如果没有前方的应酬，这该是一个多么美丽的晌午。

　　连续的披星戴月，早已忘记了阳光的味道，街区里穿过，有恍若隔世的感觉。想起一个朋友说过：此刻和你擦肩的人，也许在前世却有着很深的缘。于是心就格外地留意起来，想在错过的时刻，找寻丝丝前世的记忆。然而，我在赶时间，他们也都很匆忙的样子，这样的今生是不是就该注定会不再相认？可会有另外一个人，在转身或是前行的时候，也发出和我一样的叹息？

　　繁华的街头，等一个未曾谋面的人。如在笔下，该是怎样的一段浪漫故事？而现实的我们不过都是金钱利益里的奴隶，制造一场又一场市侩的邂逅；在相互的恭维里，翻阅成功的虚名，努力地挣扎在事业的泥沼。没有人敢去问值得或不值得。

一个人的办公室，冷清得像是已经散场的青春。放了 AQUARIUS 的个性曲，我在音乐里敲打心灵。这个时候的自己，像一个乖巧的孩子，安静地完成老师的作业，再安静地独自玩耍。多少年了，都是这样的生活。一个人、两个人，最后终还是不二的结局。有人断言，这是我的命运，但我当它是自己的选择。主动和被动之间，前者会比较快乐，我喜欢快乐。

天渐渐地就走进了夜，而我也安然在夕阳的怀里。日复一日的岁月相叠里，虚度几何？残留的青春又几何？正数之后，再来倒数，相遇的那个点是不是可以叫它"缘"？而此生的使命，也不过就是把这缘善待至终，方好安心地离去。

第二章　半个失眠的枕头掉下来

给我一个满足欲望的拥抱

◆ 晚安,城市

望了一眼苍穹,天,就暗了下来;一条繁华的街渐渐宽入空旷。
我坐在夜深处,心,妖娆成荼藤;很多的人在音乐里开始舞蹈。

很多年以前就幻想过这样的场景:夕阳,江边,离别或者相遇。

那个时候的我,十七,或者更小;刚刚开始心怀惆怅,那是一种莫名的、女子般
的轻愁,重量逾身。尚不知道爱情若何,但早已爱过千百次,都是虚幻的人物,却也
都是拼了命去爱的。而那个年纪的爱是不需要过程的,开始后就是结束,短到瞬间
等于经年。来不及想得到和失去,就急急地奔向下一场约会。

因此有人说:青春真好,青春没有真伤悲。我信。

后来……

后来，是人生里不可避免的转折；有的时候它可爱得像天使，更多的时候是魔鬼。于是后来成了一个叹词，用来表示生命的唏嘘，人人需要。

我要说的后来是——我们的城市变了。先是周围的人和事不一样了，慢慢地你也就不一样了。傻孩子成了业界新锐，好学生做了时尚新人。一切看来欣欣向荣，只是偶尔的停顿里，你会想起一些"不可再来"，比如流满汗的牵手，比如醉了心的拥抱……

我们认识了"得到"和"失去"，开始用它来追逐成功和失败。得到事业，失去爱情；得到地位，失去朋友……当星星蜕变成月亮，独自点亮暗夜的时候，有没有人想过，月亮会不会寂寞与孤单？

向往城市，一个时代的引领。

身在城市，心也若城。遭遇历史，构建未来，在一条或长或短的轨迹里，各自生存。相遇是偶然，离别是必然；没有哪一座城市甘愿臣服，合作便只能短暂。尽管都有所准备，把损失放到最低，可惜一场不成功的共建里没有胜利可言；两败是不可逆转的结局。

城市本是冷的，我这样认为。

经历过，所以有了资格，在演出过后从容而优雅地向观众谢幕。

佛说，一切尽是幻影。

城市也是。

给我一个满足欲望的拥抱

第二章 半个失眠的枕头掉下来

◆ 走,在有阳光的晨里

我去上班。走,在有阳光的晨里。

在楼下,回头仰望,我的白色衣衫在六楼的纱窗后面轻轻地摇摆。想起黄磊读徐志摩的那一句"软泥上的青荇,油油的在水底招摇",又想起最著名的那一句"轻轻地我走了,正如我轻轻的来,我挥一挥衣袖,不带走一片云彩",多像我们的生活。无声,却也处处诀别。今天遇到的那些面孔,你永远不知道还会不会重逢。纵使再想,也无法掌控。

步步向前,阳光在身后送我。车辆与人群在各自的轨道上路过我,偶尔,有人回头。更多的时候,我四处张望,因为太好奇每一个面孔背后的故事,所以我喜欢寻找瞬间的发现。像很职业的侦探那样。不同的是我只要一个符合自己心思的逻辑故事,并不在乎真相。相反的,我在避免看透,怕现实的残忍杀害我的单纯。

一对情侣穿越我,他们的手被我短暂的分开又复合。我看见女孩子的手先伸向了男孩子,于是我想这个男孩子也许还不够爱她,否则怎么会在我这样的非障碍面前放了手?牵手,是个多么贴切的词,比爱更委婉,比情更温暖。一个人可以否认所有曾经的爱,但却不能忘掉每一次牵手。那么实实在在的呵护。

路的对面是海港大厦,一个朋友曾经就职于此,然后为了生活离开。那是我和他惟一一次谈起私人生活,他告诉我"为了生活我必须……"。隔着厚厚的毛衣,谁也看不见我竖着所有的毛孔,可我知道我冷,为他这句话。他说他必须,必须意味着别无选择。我想告诉他不是的。如果放弃所谓的理想,就没什么是必须的。

宽敞的房子,漂亮的车子,每个人都向往,但它们不是必须的。必须,在我理解,是没有就活不下去,比如饥饿时的米饭,比如寒冷时的衣服。它们是来不及华丽,更来不及变得高贵的。我们的周围,已经很少有人为衣食烦恼了;偶尔有,也是为了吃得更营养穿得更体面。烦恼和憧憬做了姐妹,憧憬有多完美,烦恼就有多厚重。很多人就变得越有钱越空虚。

火,在我看不见的地方。我看见的,是五辆救火的车。这火一定很大,很多人都如此议论。我别过头,努力地不去闻死亡的味道。就算是一栋水泥的房子,我也舍不得它死;它死了,就一定有至少一个人在难过。难过是种罪过。

不喜欢转的门。转很容易让人迷失方向,这样不好。一脚迈进旁门,阳光就只在背后。停留十分之一秒,然后隔成两岸。工作需要白炽灯,不热,但够亮,让你忘记白天与黑夜,忘记四季与华年。

我回头,看一眼阳光,和清晨作别。

给我一个满足欲望的拥抱

第二章 半个失眠的枕头掉下来

他城

清闲下来的傍晚，我选择出去走走。

仔细算来，已经在开发区工作五年了，但几乎没有机会进入它生活的一面。看似开放的格子间阻挡了视线，也浅置了探询的思想。在固守的程序操作里，我们只有墨守成规，没有另类，没有突破，甚至没有失误。

早年学过舞蹈的身体在逐渐变得僵硬，同时僵硬的还有心。呼吸过海边吹来的风，才意识到自己对自然的背离。不是刻意的，很不人道。要怎么解释这一刻的感觉？在离家六十公里的地方体味着熟悉里的陌生，心底含着流离的波。而此地与彼地同属一城。

这里至今无法算做城市，到处显露着乡村的痕迹。崭新的楼宇前围着旧式的栅栏，喷泉的广场上舞着传统的秧歌，熙攘的街边排满了叫卖的小贩，他们中间很多人穿卡其布的蓝裤子，挽着边脚。穿裙子的女人寥寥可数，光膀子的男人随处可见。你能看到和感受到的都只能用"粗俗"二字来形容,但你不得不承认他们粗俗得可爱。

买三个桃子做宵夜。摊主大哥一边找钱一边问,一个人住吧? 只有一个人住才会买得这样少。我回以礼貌性的笑,略微点头。他递过零钱,还送过几颗荔枝。这几天空气潮,吃点这个有好处。我执意地要算钱给他,却惹了他好大的不高兴。我是卖水果的,送点这个还赔不死我。他把"死"字咬得很重,反而让伶牙俐齿的我缄了口。

二十点,开始我的晚餐。一碗温热的黑米粥,一碟干棒鱼。我吃一半多一点。离开家,胃口总是很难打开。稍微吃多一点,就会疼。不知道这算不算恋家情结的一个体现? 对面的那个女孩也是一个人吃东西。偶尔的,我们会有对视。接了一通电话后,她问我,你不是本地人? 我反问,为什么猜我不是? 她指我的手机,你用的牌子这里没有,你的口音也不是这里的……我笑,然后告诉她我该走了。我想我是算本地人的,可是我在他城。

所有的街灯都醒着,月亮迟到了。我喜欢让夜彻底黑着,然后用心灵去寻找光明。路过海边,用口香糖纸折只船放掉。几层浪扑过来,就看它不见。但我想着它不会沉,而且会漂到很远的地方去。某年某月的某一天被另一双手拾起,那人会不会展开这张小纸去看上面的字? 我用夜的颜色写着:光明需要等待。

不眠,黎明也终会按时而来。我只是略微低了一下头,天就蓝了。十二层楼,世界在对面。我在他城,看自己。

第二章 半个失眠的枕头掉下来

给我一个满足欲望的拥抱

在青春的相册里，
我只瘦成短短的一行

你以为她消失了，其实她还在；

你以为她远去了，其实她就在你身边；

你以为她只是一首歌，其实是你青春的纪念……

——摘自网络

【A】

不知道从什么时候开始，喜欢上了傍晚，喜欢一天的开始由傍晚幕启。

桑说，总有一天，你会背离世界。我说，我不怕。真的，我不怕背离世界，只怕世界背离了我。我不接受被抛弃。

可是，夜晚，注定了隐藏着很多的疼痛，比如疾病，比如坏死的情感。没有人能逃开哭泣，在一些还有梦境的月圆时。有时是因为回忆起了从前，有时是由于怎么也看不到未来。一样的迷茫。

【B】

这个夏天,第三次看烟火。

那些花儿,争相开在渐黑的夜里。红的,绿的,紫的,黄的,透明的像童年的玻璃糖纸。一个天上,一个书里,缤纷着我的视线,却又都遥远地间隔着我。

我曾和阳说过,我在夏天的广场上看烟花。后来,他就在网络里送我烟花。一点一点地,它们就盛开起来,在我的心里,淋湿一夜。

我没说的是,这些烟花是我放给自己的。因为喜欢,所以奢侈。买了好多,一字摆开。

总有好奇的小孩会来问:姐姐,你在做什么?

放烟花啊。

我帮你吧。

好啊。

于是,我就有了一夜的烟花可以看。

【C】

悄悄地,这个城市有了夜间观光车。我想在清醒的时候好好看看这座我非要离开的城,因此我选择做它的义务监票员。

车子一站一站地走与停,记忆也一层一层地被揭开。我看见六岁的女孩在空荡荡的舞蹈室里下着腰,看见十七岁的女生嬉笑着从路口跑过,看见二十一岁的女子在灯下等一个男人的迟归……

我想要一个永恒的停止,但不知道这个申请该打给谁。一切的发生似乎都是为了演绎纠缠的过程和麻木的结局。我,即使温情,也捂不暖一颗拒绝的心。能做的,不过是面对半开的车窗,给自己一个微笑,看长发被风扬起,看泪

给我一个满足欲望的拥抱

第二章 半个失眠的枕头掉下来

随指散去。

【D】

有一种女人是天生要远走高飞的。那便是我。所以金钱、爱情、名利都留不住我。

有种女人是喜欢在安逸里流浪的。那便是我。所以金钱、爱情、名利都带不走我。

他们问，我该拿你如何是好？

忘记喽。也许是最好的方法。

我在暮练的人群里，随之舞蹈。其实根本就不会他们的步伐，我只走我自己的。曲子时尚，可惜我也叫不出名字。难怪人说，入世才知出尘。背叛由此而生。

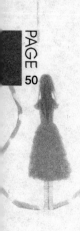

【E】

或许是因为老了，所以总在一个人的时候去翻那些旧东西。三年、五年、十年就都模糊且清晰地回转在眼前，由心怔怔地看，仿佛看一场陈城往事。

初二的那年，我一直坐在窗边的位置，不看书本，看外面走过的人。偶尔会写几段没有头尾的句子，小心地夹在当堂的课本里；又或者用黑蓝色的墨水笔在随意的一张纸上画出几道线条，勾勒一个背影、两片落叶。十四五岁的年纪，日子简单如线，一截一截地连接起来，就是一段少年时光。那个时候的全部梦想，就是离开课堂，离开那堵看似监牢的墙。

许久以后才知道，一堵墙外是另一堵的墙内。人终究跨不出自己累积起来的束缚。很多人和事不被自己改变就定会改变自己。成长的过程里渐渐学会了妥协和退让，有原则的，半原则的，无原则的……从一个地方结束，在另一个地方开始，无休无止地寻找与丢弃，直到忘记了自己要的是什么。

许巍唱着:

我只有两天,我从没有把握,一天用来出生,一天用来死亡。

我只有两天,我从没有把握,一天用来希望,一天用来绝望。

我只有两天,我从没有把握,一天用来路过,另一天还是路过。

我想飞还是飞不起来,我想飞还是飞不起来。

仔细想想,人生再长也不过如此,一半用来醒着,一半用来睡眠。曾经幻想过的疯狂、漂泊、高雅、精致还都存放在那只叫做"梦想"的瓶子里,它在高处,在可望而不可及的风景里面。而现实的生活只能是平淡的、规律的、庸俗的、琐碎的,和梦想刚刚相反的。

看过时尚杂志才知道日子的粗糙,看过都市剧集才知道爱情的黯淡,看过新新人类才知道青春的不再。回头,回头,再回头,能拾起的不过是留在少年的背影,很瘦,很短,仅仅一行。

开始相信那首诗"年轻的时候,总以为沙漠的那一边,会有另一番景致。等走过以后,才知道,那里,除了沙漠,还是沙漠。"

【F】

我永远不肯理解离别,不肯屈就命运的安排。我发誓过,我要改变,且一直地改变下去。很多双手拉住我,又放开。他们说,请你带上我;他们说,求你等等我。但时间说,你要等么? 我不会等你。我在理想与现实之间,左转,右看。

掌里,写着两个字,执著。肖说,我比别人更傻一些,因此好会更好,坏也就更坏。执手相看,手心与手背都是我的,难分伯仲。我抓了一把土,再慢慢放掉,空气里即刻有了尘世的味道。据说如此就放掉了坏运气,而留了好运气。一些可爱的迷,我愿意信。

在不算太老的年纪里,看青春散场。自己是惟一纵观全局的观众。守着空空的旷,终是不得不承认:最美丽的也是最容易香逝的。烟花曾灿烂了夜,但也更映衬了夜的寂寞。青春呢,是不是就映衬了人生的残败?

我们还不老,也许还可以再豪情一次,写些鼓励的话,给自己。

一部开满狗尾巴花儿的电影

我以为我们的天堂在同一个地方
我以为我们的电影永远不会散场

【开场】

阳光，树外，只有一米，却两不相干。伸不伸手，都不改变的结局，还要不要去把握？有些努力固然徒劳，但谁敢说就此不再努力？脚步一快再快，始终快不过苍老的催促。有的时候，想遗弃的，正是靠得最近的。干净，不容易得。

叶子路过眼前，纵使阻拦了飘落，又怎么让它重生于树？多余的善良是浪费，也是一种泛滥的罪恶。有多少错过可以真正地称之为错过？总觉得还是过错多了些。曾经的，不再来的，记得和不记得的，都是年少无知，都是岁月奈何，都是符合人的理由的。

【中场】

我想，我们都是始终不明白自己的人，不明白自己要什么，也不明白自己不要什么，更不明白在要和不要之间如何做才是正确的。曾经以为，只有表达出来的才算沟通，于是便不停不停地说。都说过了，就剩下沉默。一个人，两个人，默对悲伤，默对快乐。默对生，也默对死。

有些人来，不算相遇；有些人走，也不算离别。最美丽的相遇，是匆匆行程里刚刚好的一次目光对视。没有语言，勿需情节，却在余生里无数次地被重复想起。想起最初并没有惊喜，想到最后自己也没了暗喜，才明白这幸福来的没有诚意，并没有为了某个原因，停留过半秒。

【收场】

如果孤独是惩罚，那么它可以来得更浓更重一些。

报答不难，难的是有一个感恩的心。

想法不语，就像一颗藏在心里的泪，无处流淌，也无法干枯。

最想要的是一双翅膀，不必一定要适合飞翔，但千万可以宽大到为你遮风挡雨。

不由自主地爱上一道疤痕，爱上温柔的橘黄色，爱上秒针转动的声音。爱情不仅仅存在于人类，这意味着狭隘将不再狭隘。可以爱一百朵花儿，自然也可以爱一百个人。但不能每个只爱百分之一，爱就要爱到百分之百，少一分都不能叫做爱。

别离的门口，总有一个要先离开。先离开的比较坚强，在不舍里坚定舍得的信念；后离开的比较睿智，在不舍里领悟舍得的意义。

据说，这儿以后，再想起，记忆会淡成没有痕迹。

【尾声】

一直就不喜欢看电影，因为怕面对散场后的落寞。

最后一场音乐响起，人们纷纷起身。满是呼吸的放映厅，突地就空了，留一个孤独的背影，是我的不敢想象。始终就觉得那个人是我，是我这样特行独立的女子。尽管右手里，还有一点余温，可就连那个短暂相握的人，也去了。

记忆有点生病，一些刚刚发生的情节模糊得像是过了千年。只隐约想起那一滴檐上飞下的雨，竟流淌了很久也没有到达腮边。那张垂挂多年的布，悠然地泛着黄，看一眼，整个心就老了。它怎么可能上演那些相遇与离别，它分明是死的。

仔细地品，任何开始都不如结局来得让人刻骨。太随意和来不及期盼的东西吸引力总是弱的。我们是那么喜欢运筹帷幄，喜欢掌控，喜欢骗人和骗自己。如此，结局愈发似棋，每一步都充满玄机。赢，或是输，有权预料，无权先知。

那些人，那些事，那些开始，那些结束。无论心是怎样的急，剧情都只能一点点地揭示下去。演出在我之外，无关痛痒地进行，没有人理会我为他们流下的泪。如果我能事先获得剧本，此场会不会被省略？

喜欢每一个美丽结局电影里的男女主角，盼望自己和他们一样的幸运与幸福。有一天，那个导演问我，任何得到都要付出代价，你拿什么和我换个好结局？金钱、感情，还是身体？或者你可以考虑一下再回答我。我扬扬头，不用想，我愿意把全部的金钱都给你，换一个不散场的青春电影。

给我一个满足欲望的拥抱

第二章 半个失眠的枕头掉下来

♦ 秋夜·城市·一些温暖

　　桑在市郊有一栋带着小院的房子，我每次去的时候，都会在院子里坐上一坐。今天的时间有些晚了，没能沐浴到夕照的太阳，意外地看了满天的星光，还有三架驶向不同未知的飞机。

　　我原是喜欢看星星与飞机的人，曾经一个人在周水子机场看过整整一夜。传说，天上的每颗星星都是地上存在着的一个灵魂，所以我总是在猜哪一个才是我。如果可以选择，我要做北极星。那是在没有月亮、没有群星的晚上也能依稀可见的灯。有了它，有心的人就不会迷路，就永远能够找到回家的路。可我知道，那个不是我，我没有那么伟大，更没有那样强大的力量去引航世界。我也许就只是架飞机，在暗夜里经过，最终降落在冰冷的旷野。整个飞行里，我不知道有多少目光掠过了我，也不知道有多少同类交错过我，我只是认真地完成了从起飞到降落的全部过程，顺利、平安，没有意外，合乎一切善良的期待，仅此。

　　桑说，我们来玩游戏吧。两个女子在长而空的街上石头剪子布地拉开架势。我赢了,桑便背了我走。桑说,我是故意输的,因为你一定背不动我。我笑,把脸轻轻地贴在她的颈项上。为什么最了解我的是你? 对我最好的也是你? 是什么让你在我身边留了这么多年? 桑哄小孩一样地回答我,因为我们是朋友啊,因为我们一起经历了成长和生死,因为我们已经相信没有什么能分开我们。突然就明白,为什么会有那么多人做了 LES 和 GAY。同性的信任,友情的基石,可以打造更牢固的关系。我从桑的背上跳下来,拉了她快速地跑,风把我们的头发吹得很张扬,她一直在我身后喊着妖精。我停下来,喘息着说,桑,我太喜欢你了。我不想走了。她挽了我的手,总会慢慢好的,你和我都会幸福的。

夜间的公交车上,没有太多的人。这个城市喜欢早早地安歇。司机放了黄磊的歌,很适合晚归的心情。驾驶台上放了一袋肯德基的外卖包,我猜不出里面装了什么,更看不到司机的模样,但我想,他一定是个好父亲,有爱的父亲。因为我们在路过学校门口的时候,他把车子的速度放得很慢,中间还停了一小会儿,让那些学生先安全地过街。我不知道他是不是每天都这样做,可起码这一刻他感动了我。车子改变了行程,他歉意地解释着,每天的这班车都要接那些高三的学生的。孩子们读书不容易,请大家体谅。他说这话的时候,声音很像一个父亲。我很想看看他的脸,一定也是慈爱的。

我在这个城市里生活了很多年,只有今晚,我觉得它是温暖的。尽管这温暖是由陌生人给的,而且并不是给我的,但我的心还是为着这个发现变得柔软了。美好是存在的,我要继续坚持,坚持到它来。是这样的吧?

给我 一个满足欲望的拥抱

第二章 半个失眠的枕头掉下来

半米阳光

最近很闲，不必工作、不必应酬的午后，我就坐在自个儿的窗台上看天空。十二点二十五分，阳光会准时地掠过我的上身，只有半米，但是很暖。

这个时候的世界安静且干净。像天堂。

但天堂不收留我。

地狱说，来吧，亲爱的，我要你。可是我知道，我要不起它。

【工作是场交易】

旧的工作不做了。他们以为我这个女子迟早都是要离开的，没有人异议。祝福的话听了很多，我收着，但不带走。我带走的是我的简历，还有被损伤的健康。

机会不是没有，把握却太难。当他们看准你需要的时候，交易就出现得很堂皇。那些男人上身正襟地与你谈着工作,下身却蠢蠢欲动。隔着一张桌子,隔着一界屏幕,隔着一线话筒,我不是傻子。

一碗水,泼出去太容易。如此幼稚的事情二十二岁的时候做过了,现在不会。以一个转身来遮掩我的恶心,即使是禽兽,我也给你礼貌的待遇。

工作可以一换再换,人生不能。我知道说为谁都是谎言,我只为我自己。

【爱情是个童话】

爱情注定是个不能完美的故事,不仅仅是我,所有的人都在如此经历。这是很多人都要摔,却都摔不起的跟头。每多一次,就更多了几倍的小心翼翼。一些伤害,是自己给自己的,只是经由了别人的口和手,不自知。

如果开始思念一个人,那么我会以为我已经在爱了;如果这思念日夜地纠缠我,那么我就知道我已经不想离开了。

爱不爱,我说了算;相处却不由我。不信、不屑明晃晃地来,连掩饰都省略。做过的事,不必昭告天下,也没什么值得隐藏。想知道的尽管问,但一定要问我,我是个不可听说的女子。

我知道爱到最后的风度是放手,前提是,你已不再爱我。

【相识是种结束】

一些缘断在分来之前,再努力也是枉然。心生疑窦,疑的是别人迷离的心,不包括自己的错。凡人,大抵如此。

企图并不可耻,可耻的是你给不起等同的价值。如果把贪婪缩小一码,看起来就可宽容的多。然而它似乎更容易膨胀。

给我一个满足欲望的拥抱

第二章 半个失眠的枕头掉下来

人人都有一双眼睛，它们无一例外地在张望世界，却不能看到自己。人类要借助了镜子才能偶尔地看看自己，这是一个悲哀。即便，我们常用微笑来表达它。

不是所有的告别都会留言及挥手，不是所有的结局都会即刻得到放映。童年、少年甚至中年，都是太过匆忙的岁月；或许惟有苍老的时候，我们才能真正地意识到，曾经丢失的是什么。一个结束求了多年。

半米阳光，还在；我已经离开。

那盆小小的绿刺猬开着艳粉的花儿。

我觉得它很美。

 很淡很淡的灰

唐突地,喜欢上一种颜色。说不出的喜欢,说不出的颜色。然后,敞开所有记忆的门,拼了命地去寻找,想用一个词语正确地表达它。

其实,并没有心情不好,只是迷恋上了海风的抚摸。一点点的潮湿,一点点的凉,从发丝的根部穿过去,像情人的手。我坐在桥的边缘上,看起来与世界有着相同的孤单,没有人看得进我的心里。我理所当然地沉默。

太阳早就睡了,月亮陪着我。它把我的影子拉得很长,长得我都听见了碎裂的声音。在脸的影子里划过,一无所获。人类的表情最难捕捉。我很奇怪,这个夜里没有雨。没有雨的夜总是不完整的。

我是害怕老的,害怕孤独的,害怕分别的。我怕别人不爱我,也怕我爱不上别的人。没有爱的世界连黑白都不存在,空得发灰。真真正正没了四季,就再也没有温暖与寒冷,幸福与伤悲。

我不能接受一眼可以望到底的生活。

写了太多的故事，自己也困在故事中央。陪着那人爱了又恨了，直到把自己掏空，再无故事。没了故事，就仅剩事故了。一场又一场，充满刺激，充满惊奇，毫无保障。于是我买了保险，保险我的情感，双份的。

体重依然在下降，感觉减少的不是脂肪，而是血液。看不见狰狞的伤，但它们还是从未知的出口汩汩地流失了。我看见自己在变薄，变轻，变得很苍白。如果有风，大概就可以与云为伍，自由来去了。

日子是个陷阱。掉进来，就再也逃不脱。突然就厌倦了，这些、那些的日子。可是厌倦又能如何，日子就只有这么几个面孔，不是这些，便只能是那些。支离着，破碎着，切割光阴，切割华年，最后吞噬一个你，还有我。

凌晨一点的街，只有风陪着我走过。法式路灯的下面，我看着自己的影子伸长、缩短、再伸长……抬头，没有月亮，端详了一会儿天，竟可隐约地辨析出云的涌动，很快，也很急，一副稍有停留就会死亡的样子。

手在风衣的口袋里握了又握，手机没丢，可这样的夜，我能把它拨到哪儿去？不知道你的港口愿否接纳我这孤独的小船？有人这样问着，他不知道读此一句的时候，我的脸上有泪。不关悲喜，那是我透支的身体渗出的血。

坐在楼下，仰望自己的窝，没有灯光，没有等候的那个人。还要回去吗？混沌的脑子已经没有思考的力气，我在水泥森林里与树听风。身体不冷，心却一直寒着，可我分明是有爱的，只是这爱在如此寂静的夜里，也是难以温暖我。

转头，发现自己的身体顿在时光的点上，左边黑暗，右边荧光。踢一颗小石子，用左脚，向右脚；我看着这个混沌的生命从黑暗奔向光明。真的想笑，可我在笑里哭了。哭的时候我喊一个人的名字,但我知道他今生都不会听见了。

一段路,走了又走,竟也可以把有限沦落成为无尽头。万籁的梦里,一切安然,我听见自己的脚步说着疲惫疲惫,像一架年久未调的钢琴吃力地唱响。故事里,我最爱听的是"后来",因为后来里面总隐藏着无数的幸福。可为什么我的后来却只有自己心跳的回响?

都说华年难再,难再华年。一朵从未盛开的花,华年在几何?我看黑夜,我的华年,浸没在夜里。褪尽姹紫嫣红,只留一种很淡很淡的灰。

给我一个满足欲望的拥抱

第二章 半个失眠的枕头掉下来

◆ 我是安在

【1】

　　小的时候，几乎每当略觉无聊，我就开始问更无聊的问题，其中有一个问题是这样的：为什么要把我生在都市里？当然，这样的问题，大人是没有时间来回答我的，于是它就注定成为我童年的秘密，让我永远地想起和猜测不完。

　　直到长大，我始终坚持自己最初的观点，包括出生，我认为我是属于乡村的。遍山的绿、遍地的草、火炕、木窗、大锅、柴火……

　　可他们说，那样的日子，我过不完一天。我不信，自己会逃。

【2】

　　曾经的路过里，一条不知名或者根本就没有名字的河水边，三两个村姑在结伴洗衣。看不清楚她们的笑容，却直觉地认为她们是该歌唱着的。那一刻，我希望那红的蓝的装扮里有一个是我。

后来，一个朋友依了我的兴致，一块青石板子、一支磨光的棒槌、一件没有脏迹的白衫，成就一个喜欢在河边寻找洗衣感觉的我。

天是湛蓝的，河是至清的；太阳是暖的，流水是凉的；衣衫如缎，心情有歌。一切如画般的美。

过足了瘾，我们坐在车里等衣衫风干。城市里的衣被乡村的水洗过，白色经纬里缠进了绿色生物的痕迹，触感僵硬，嗅感微腥。

我过完了一天乡村生活，可我知道，我过不去第二天了。

【3】

我在城市，却不安于城市。

这样究竟算好与不好呢？

无论在哪一个城市，我总是喜欢坐在街头的某个高处，看行人来往。我喜欢猜测他们表情各一的背后有着怎样的故事，这是有趣的、不会 over 的游戏。

也有一些时候，我会想，这个世界上原没有什么是有结局的，一切不过是暂时地忘却，而最终都是为了等待再次想起的时刻。

然而，我们都无法预料记忆被重新晾晒的时间和地点，通常那是一个我们没有准备好的点。于是相见莫若不见。即使再来过一百次，也不会有一次如设想般完美。未来面前，没有谁是真正地有把握的。前进是场赌博。

给我一个满足欲望的拥抱

第二章 半个失眠的枕头掉下来

【4】

从不认为自己是个好人，但知道自己是连坏人也算不上的。

这大概是多数人的悲哀吧，在最简单的是非里找不到自己的位置。

有些时候，是想选择道德的，可道德的面孔却异常冰冷；于是心说，那我们来选择放纵吧，但放纵的后果又是无以承担的。只能在犹豫中等待时间的离开，等待时间将自己遗忘。我们在这个过程了松了口气，没有意识到自己又做了一回懦夫。

我很理解自己喜欢那些古老的、红漆的、高仁的门槛的心情。一迈一进，要么从古来了今，要么就从今返了古，有穿越时空的闲情，驾驭历史的豪迈。我，因此而在北京的胡同里逗留不去，反复地走过那些门槛。我想找回做人的勇气。

当自己无法界定自己是好是坏的时候，我希望自己还有脸面承认自己是个勇敢的人。

【5】

很久以前就写下了这个题目，但始终也不知道该如何去写下它的内容。潜意识里，安在该是一个美丽且柔弱的女子，可我不是，因此难以描述一个完整的安在来。我把安在藏在了心里，不是很深的地方，时常会钻出来，提醒着我，还欠着安在一个故事。

一家很大的书店，我第一次来，习惯的，会在一个一个的格子间里查找一个名字。我当然知道这样的书店里会有查询台或查询机，只是怕年轻的店员和冰冷的电脑都是不记得那个文字不多的女子的名字。每次翻起她的书，我总会想，是不是还会有一个这样的我，一本书读十年；或者还会有哪本书可以让我十年也读不腻？我固执地认为，她就该是我要找的安在，尽管，我并不能很清楚地勾勒她的容颜。

熟悉的、不熟悉的音乐一直在回响，因为是响在书店里的，于是忧伤里更多了些缅怀。开始思想的旅行，关于文字，关于阅读，关于没有声音的交流。然后发现，所有的语言都是那么苍白，它们根本不曾表达清晰过。

我的喜欢里，没有声音的位置。

喜欢楚楚的渺千年如弹指，喜欢江航的半生半支烟。都是只看了一眼，就让心安静的文字。在大段大段地描写里，铺展的都是场景与心理，它们直直地逼向心灵最柔软处，但自身不带半点哀怨与轻愁。哭与笑，都由了你的心。

一切由我，多么美好的生活。

走累了，便坐在肯德基里就着可乐写字。偶尔写累了，就抬起头，看看对面的男男女女。他们的脸上都是笑的，我知道那些微笑和我无关，但我依然偷到了他们留在冬天的温度，很暖和。我满足于这样的午后，有幸福可以看，可以感受。

妈妈有时候很担心我的未来，她总想要确定下来的东西，我的想法在她眼里很短浅。我其实不确定自己是不是还幼稚着，或许我更愿意承认我仅仅是不太理解吃苦的概念。可以吃饱，可以有书读，可以有文字写，还要什么呢? 我不想用一辈子的辛苦来满足别人的眼光。

看一本采访写者的书，一百个人就有一百个写作的姿态，我不是第一百零一个。生活也是这样吧，百样米养百样人，我也自然和别人不同。如此，才有了花花世界。我在中间，安静存在。这一刻，安在便是我。我是安在。

给我一个满足欲望的拥抱

第二章 半个失眠的枕头掉下来

寻找被我遗失的那个女子

【A】

夜里又睡晚了，近中午的时候才起床。拉开窗帘，迎着太阳的光，做手指操。十个小家伙妖精一样地变幻出很多动物的姿态。教孔雀舞的老师曾经说过，我有一双美丽至极的手，柔软而灵动。只是告别校园后，它们再没有编织过坠满童心的手工。

我停下来，仔细地看微微泛蓝的玻璃，我发现那个喜欢微笑的女子不见了。以前，她总是在月色将尽时光临这里，会在映了影子的窗前站上几分钟，轻声细语地和自己说话。她去哪了？我问自己。另一个声音说，她被你遗失在身后了。

阳光很好，风也很好，外面的花儿开得很好，我不好。我把自己最喜欢的人遗失了，而不自知，这很糟。

很怀念二十二岁与二十六岁之间的日子，没有悱恻的爱情，没有忙碌的工作，我有的只是自己，一切也都只是为了自己。很黑白，也很单纯的一段，我甚至回忆不起它曾经存留过悲喜的痕迹。再听，都是风过的声音，空空的，又满满的，冷里带暖。

是我亲手打破了安逸而宁静的生活，以寻找爱的名义。为了人世间最值得追寻的事情，把自己放逐到世界去，迎接心灵的颠沛流离。

然而我犯了一个错误，以为爱等同于爱情。

事实是，每个人都需要爱，但不仅仅是爱情本身。

【B】

学生时代很喜欢玩一种问答游戏，几个女生凑在一起，像阴谋家一样神秘而认真地回答每一个问题，偶尔的，也会让男生来参加，当然，那男生一定是女生心仪的人，借此来了解他更多一点点。如果你也玩过，自然会清楚，几十个问题问下来，不外就是一些诸如：最喜欢的颜色，最喜欢的食物，最崇拜的人等等大众问题。可是，填了多少次，我的答案几乎就变了多少次。我在这些变化的答案里，看见了一个少女的青春旅痕。

事隔十年，一个朋友和我再玩起这个游戏，二十个问题发过来，我记得我都曾经回答过，但是当时的答案已经模糊得几近忘记了。

好在还有记日记的习惯，往事都有据可查。

十六岁的我，喜欢紫色，喜欢问"是吗"，喜欢跳舞，喜欢幽默的男孩子；想做个女强人，想去很远的地方看看，想要一个完美的爱情。现在呢，我喜欢白色，喜欢说"才怪"，喜欢写字，喜欢沉稳的男人；想做个真正的女人，想要一栋能看见风景的房子，想要一个温馨的家。不必问岁月，问问自己，就知道时间带走的是什么，留

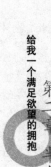

下的又是怎样一个我。

我们一直在变,从不曾停下来过。

因为太在意,我们往往感受不到微小的改变。

所以,我们会在某个早晨醒来的时候,突然觉得自己很陌生。

我想,我必须把自己寻找回来。

坐车的时候,回过头去看看风景的背面;擦肩的时候,回过头去看看那人的背影;甚至写完一个故事,会翻转回去,为另外一个结局再写上几句。这是个容易让人心生迷恋的习惯。很特别的游戏。

绿灯亮了,是可以安全地、放心地、大踏步地过马路的时候了。

彼岸在即,一切重新开始了。

◆ 未来的样子

总觉得生活于我,给了太多的可能。

因为太多,所以常常不知所措。

于是怀念小的时候,有些路是惟一的,比如读书,比如升学。没有选择的选择,连压力也异常简单。那些逝去的、不再来的遗憾与痛苦,在渐行渐远中变得小而又小,最后只剩一丝水痕,没了颜色,和疤。

是怎么个步伐,一走就走到了今天?回头,竟已是荆棘丛生,没了来路。我跟自己说,我不后退,只向前。其实,前面同样的没有路。

也许,注定,要一个人,走一条路。

常常会在黑夜来临的时候心生恐惧,就像一个年近十七岁的女孩子那般无助与惶恐。可是,我怕什么呢? 孤独? 老去? 还是什么别的? 我宁愿相信,我只是害

给我一个满足欲望的拥抱

第二章 半个失眠的枕头掉下来

怕黑夜本身，害怕看不清楚的未来。

懂一点点的相术。传开，便有很多人愿意相信；因为他们的相信，我越发不敢贸然去看。一双手伸过来，跟来的还有一颗期待的心，一个人的未来就在唇齿间，这口，我如何轻易开得？

我始终相信第六感的存在，不是存在于某个特别的人的身上，而是存在于每一个有心人的感知里。只要能静心体会，任何人都能得到。这就如同一只收藏了很多地图的盒子，翻起就总会找到出路，否则就只是尘封。我是一个愿意扫尘的人。

可是我看不见自己的未来。这让我常常怀疑自己对自己的心，是太在意还是太不在意？难以言说。

每天的临睡，都会幻想，明天是什么样子？拥有的幸福会不会丢？未来的幸福会不会到？如此，就睡了，也没有什么可以梦见。

黎明不约而至，未来也不约自来。要等到很久才明白，原是没有什么可失去，更没有什么不可以失去。在意，不过是因为看见和感受到。而另一侧的流失，也许才是痛的根源。庆幸的是，此刻不知，甚或永远不知。

一对拇指与一对食指，轻易地搭成一个镜口。世界圈在方框里面，视进圆孔深处。我不说，你将不会知道，被记录的内容。不知道，也是幸福的事。

想，亲爱的，我想。这句话里有几分暧昧？无论你怎样幻化它，我也是不能停止地要想，想，我的未来里面有没有你。拼命拼命地要看到未来的骨子里去，拼命拼命地要早知道一些结局，不过就是为了这一点——未来里面有你没有？

◆ 清晨里的闲思散绪

【A.理由】

　　美好可以不需要理由。

　　比如喜欢上了什么人,比如亲手做了个怎样的小玩意儿。

　　一切只是我愿意,它就可以发生与存在。这只是原因,不是理由。

　　不美好是一定需要理由的。

　　哪怕不充分,但还是要给人可以接受失望的借口。

　　比如为什么离开,为什么要忘记。

　　要感谢肯给你理由的人。

　　因为善良。

　　没有残酷地扔下你。

　　不辞而别难道不可以吗?

【B.安慰】

有的时候是这样的,别人把你的友情当爱情,或是你把别人的接受当给予。

到了面对现实的时候就很难让人接受,尤其它总是来在你最不情愿的时间点。

这是验证人心的最佳时刻了吧,是朋友的总会来到你身边,陪伴与安慰。

其实,那个以刀划伤你的人也在难过。

他 / 她不是没有想过来安慰你的。

只是他 / 她的安慰也是刀。

因为他 / 她永远无法满足你的希望。

【C.让座】

观看爱情故事,入戏的人总喜欢让自己替代内心最矛盾的角色。

于是就有一个问题始终在:我该离开,还是要争取?

常会看到一个人为了成全别人而离开。

换作自己,谁敢说那一刻内心没有挣扎?

当下转身,让出的空位被他们的幸福身影所填满。

没有人会保留你的位置,在生活里,在心里。

【D.细品】

爱情究竟什么味道?

除了酸甜苦辣,似乎也没什么更新意的形容了。

可我们又都确切地知道,它决不仅仅如此。

爱，多要朝朝暮暮；也就多注定要平平淡淡。

习以为常的事情惯性地一再发生，少有例外。

总要在暂别或永别以后，才有时间去细细品味曾经。

然后，发现暗示结局的蛛丝是那么的多。

为什么当时没有察觉?

不是爱蒙蔽了谁的眼睛谁的心。

是我们执意的自信欺骗了自己。

第二章 半个失眠的枕头掉下来

给我一个满足欲望的拥抱

◆ 永远向阳

【NO.1】

一栋房子,你希望它能看见朝阳还是夕阳?

我想,都要。
比如,在朝阳里晨练,在夕阳里品茶。

我知道,这个情结被叫做小资,但实际是我只能在车里坐看朝阳与夕阳,让它们温和的目光见证我为生活忙碌奔波的痕迹。

很多人都在过着和我一样的生活吧?无论甘愿或者无奈,都要陀螺一样地旋转下去,不能停止。因为停止就意味着无用与报废,没人敢贸然领名。

想来,人都是名欲的动物,却又不可避免地充满了物欲追求。即使努力看淡,其过程也是一次无奈的安排。

我问自己，如何保有我的自在？

答案是，定先保有我的不上进。

不上进的同时，我还必须尽职尽责。那已经不是自在，是自我坦然。

人的一辈子都在交代里前进，和父母交代，和老师交代，和朋友交代，和爱人交代……还要和自己交代。这张卷子答得真是不容易。

【NO.2】

我一直在偷偷地打量坐在对面的这个男子。

纯白色的前拉链粗线衣、本色牛仔裤、NILK 的鞋子，腿上放着手提电脑包，我很自然地猜想，他大概是做 IT 行业的。

一头浓郁的发，足够黑，且柔顺，让我想起早些年给飘柔做广告的网球王子张德培，也是这样的白衣，这样的黑发，充满了不可遮挡的运动着的活力。年轻真的好。

他的眉毛也很黑，但不浓，也不密，所以平和沉默的表情里，他会给人很亲和的感觉。我向来喜欢这样的男人，不尖锐，不刻板，初见已觉得是见过的，见过更觉得曾经前世今生，容易生缘。若是刚好有些孤独，还会想他一定温暖的手里握着我手的感觉，当是春天的味道。

再看下去，他是个单眼皮男人。如此，他的眼睛不大；或也如此，我总觉得他在微笑。一个时常可以微笑的人是阳光的、乐观的，也该是坦荡的、宽容的。喜欢微笑的男人在我眼里是可爱的。

最喜欢的是他高挺的鼻子和棱角分明的嘴唇。我始终认为男人的好看与不好看是体现在这里的。所谓英俊便是指此。我暗自好色的幻想，若有那样的缘，不知

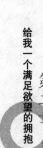

道他那张性感的唇会和我说怎样的对白？当然，我是不会真的去创造那样的缘的。早就过了自以为是地追求欲望的年纪，我学会了欣赏和保留美好。也就是说，要懂得放过美好，才能让自己的日子真的美好起来。一些美丽是要有距离才能美丽的。

　　我安静地看着他起身、下车，看着他渐渐地消失在人群，与我永远地分别。这一幕，像是只为我一个人放映的旧上海电影，黑白而无声。我不知道我们还会不会再遇见，但我知道即使遇见他也不会记得这个清晨与安静的我。整个繁华与喧闹的世界，只有我才清楚地知道曾有过一段同属于我们的时光曾真实地存在过，它也许将在某一个类似的清晨再次被我自己悄悄想起，但最大的可能是，我也终要在忙碌的生活里将这段柔软的记忆尘封掉。

　　车外，阳光处处，我的身上有些暖。
　　我是无聊么？或许。
　　我甚至可以更无聊地为这个无聊找上一个看起来不太无聊的借口。
　　他是我在这个陌生城市里惟一的一次温柔遇见。
　　一切便因此而理直气壮起来。

【NO.3】
　　大概是因为冷却的缘故，夕阳总不如朝阳来得感人心脾。

　　我在其间走过，会生出留恋，可是没有欢喜。

　　我的心更向往那座收留我的小屋。即使不是家，但它是属于我自己的空间。有的时候，路过那些楼宇，看一扇扇早早亮起的灯，我会忍不住地去猜想那里面曾经和正在发生着怎样的故事。还有一些时候，我会想起认识的某一个人，甚至是仅有几面之缘的一个面孔，然后很认真地去猜测他/她此刻在做什么。我总固执地认为，那人一定不会像我这样的无所事事，天马行空地闲。

可是我就是喜欢闲，没有理由，很本能的喜欢。为此，我一再地逃离压力与忙碌。

我想要一个有阳光的可以跳舞的清晨。
我想要一个有阳光的可以喝茶的晌午。
我想要一个有阳光的可以吹风的傍晚。

就这么多。

第二章　半个失眠的枕头掉下来

给我一个满足欲望的拥抱

第三章　给我一个满足欲望的拥抱

洗衣当行歌 /83

我要给你一个家 /85

身不由己 /88

遗忘爱情,遗忘你 /89

不绽放,便枯萎 /91

记得我的请举手 /94

只想做个小女人 /96

结婚是个壮举 /99

给我一个满足欲望的拥抱 /101

要做就做结婚狂 /104

我爱网恋 /106

我梦见你在离开 108

为爱而生的女子 /110

亲爱的,请和我一起奔跑吧 112

欲望手记

后来，我就听到一首歌——《后来》。

后来！念叨这两个字，想到的就是自己的苍老，和越来越远离的爱情。常常不知道该去问谁，我在这里，你在哪里？

当我们连可以思念的人都没有的时候，心更容易老去。孤独地存在。

身边的朋友渐次有了归宿，我开始学会了更深的独处。有时和闺中密友去逛街，喜欢走在前面，喜欢听背后密友的唠叨，好似一种挂牵。不是我习惯了孤独，而是孤独习惯了我。

开始做梦，做很多的梦。清晨醒来，感觉很累。眨眨眼睛，努力搜索梦中可有一缕甜蜜？恍惚着，感觉总是梦到一个人，可这个人只给我背影。我知道，自己梦到的是——"他"在离开。

成长和爱情总是相伴着许多苦楚与迷离，那是我不敢细想的。有时我会问自己，我到底要什么？其实很明白，自己要的许多人给不起，如若可以多些粉俗，多些欲望，我想，此时此刻，在我最美丽的华年里，我总能让身边的人有一种功德圆满的感觉。

可我的欲望那样浅，浅到仅需要一个久久的拥抱；可它又分明是那样深，一搁脚，陷进去的是自己。

其实，我多简单，我只是一个为爱而生的女子，我只想要一个满足欲望的拥抱。

而很多时候遇到某个人，我会想，你能给我什么，我能给你什么？

欲望的念头，像湿漉漉的翅膀，负重飞行。

如果一个细节沾染了爱情，回忆的时候，它就是爱的全部。

我在努力地放大它们，以此衡量幸福的深度。

关于爱的愿望，我只说过一次，用很小的声音对自己说，然后牵扯着一生那样长的时光，继续寻找。

洗衣当行歌

一个已婚的女人说：在家，我都不用洗衣服。

周遭艳羡四起：哇，你好幸福！

隐隐地，我却替她悲哀起来：为爱人洗衣的快乐她竟未经历过，婚姻大餐中有一种味道她还没有品尝过。

我不是个勤劳的女子，但却对洗洗涮涮兴趣浓厚。在得此爱好之初，曾买了最先进的全自动洗衣机。如今水洗筒用来储水，脱水筒则常无人理会。以至于每次走近它们，我都觉得那欲飞的天鹅在幽怨地望着我。

真的是爱极了手洗。让我白嫩的柔荑抚过各式面料的经经纬纬，香香的洗衣剂在我两掌轻摩之中泛出透明的泡沫，可以看见无数的小我在水盆里一漾一漾的模样。闲置的假日，我可以这样洗着，就过了一个上午或下午，不会累。

晾衣也是情趣。最爱的是把白衫在清水里滤过，然后怀着炫耀的心情将它们一一挂晒在种满花草的院子中央。如果那天恰好有微风来访，我就坐在雨檐下；听屋内传出的从钢琴、萨克斯甚或是不知名的乐器里飘扬开来的乐曲，看几页闲书，也看我的白衣齐舞，感受阳光下它们身体里一点一点沥出的水滴飞过脸庞的清凉。

有些衣服是不能水洗的，我会有寥寥的寂寞。总觉得不经手，就少了灵魂在里面，那衣物就不再是我的。后来，有人赠我谭木匠的熏衣香球。我把它们置在被别人洗涤过的地方，才算弥补我些许遗憾。

春夏，我穿白衣漫步在花红草绿中间；秋冬，则着黑裙巡行在黄叶白雪之上。想起洗涤它们的曼妙时光，就有歌从我的口中轻吟而出；而有一天，这些歌会和一个男子的衣物有染，那是我期待的幸福。

我要给你一个家

有一句话是遇到你的那天就想和你说的,却被语言哽在咽喉。所有的词句都失去了顺序,它们乱乱地要为了你而冲出来。但我忍着,不让它们错误地出现。直到有一天,听到这样一个声音。

我要给你一个家 / 不再陪你走天涯 / 不管别人笑我傻 / 风风雨雨都不怕
我要给你一个家 / 让你学会有牵挂 / 不要在外面玩耍 / 记得我等你回家
这世界太多分分合合 / 只有爱让你我相守 / 这世间太多缘起缘落 / 只有爱能天长地久
你为我失去一点自由 / 因为我知道我值得 / 我为你付出我的所有 / 陪着你吃苦享乐

喜欢叶欢干净的嗓音和素净的脸,央了台湾的朋友寄了原版碟过来,睡不着的夜里就听着这个女声打发清醒。于是便有了相遇的宿命,在早已早已预订了的夜。空灵的声音,带一丝温情传过来:我要给你一个家。是我想要的,还是想给的承诺?在这个没有诺言的世界里,如此的甘心。

不管你遇到我之前享怎样的福受怎样的苦,我只想要给你一个家,单单为你存在的家。要你来吃我煮的饭,来穿我洗的衣;要你拥着我入睡,牵着我走过这一辈子。你的生活里面是我的气息,无论有多少女人的味道残留在记忆,我是终点,不可替代的最后。

为这相遇,一个愿望我许了千年,一个蓝图也一描再描。他们说从没有看过一个女孩子为了嫁掉而准备这样久的,我只能笑笑不语。他们不是你,因此也不会理解我所有的累积背后的深情。

在一起的日子,注定的行云流水。

每个清晨,于阳光里为你煮第一餐香食。如果季节刚好在冬天,还会遇到迟归的皓月。天地里最藏灵气的眼睛在见证我的爱,这是再也没有的欣赏。然后叫醒你的耳朵,由你拿着早已备好的牙具和毛巾表演清洗给我看。时间允许,我会取几滴香波干洗你的头发,让每一缕青丝在我的掌里呈现亮泽的光芒,直到清清爽爽。接着便强迫你吃光我所有的杰作,即使它们不够美味,也不够艳色;但那里有爱情的营养。

至少有八个小时的时光里,我看不到你。可爱不会停止,挂念也不会停止。工作闲暇,发一个EMAIL或是手机短信,也没有更多的情话,只问问一切可安好。我在惦记着你。思念在逛了街的午后,往往就化身做一件衬衫,或,一双白色的袜子。它们将在未来的日子里经由我手,飘摇在我们小屋的衣架上。

下了班,一定会买你最想的青蔬与海鲜,早早地钻回家。我是那个为你开门的女子,需要时间来安排一些小小的惊喜。倘若你也和我一样期待这小别后的重逢,一切阴谋就都值得。

倘若刚好没有应酬,你坐在朝向我的沙发就好,不必过来。厨房的天地太小,我不愿意让你委屈在这里,而我是那么地渴望让你吃我的心意,才不会把表现的机会让给你。心疼我的忙碌了吗?那就读读早年的情书,你写给我的,我也好把这些统统都煮进菜香里去补手艺的不足。

即使有了推不开的交际也没有关系。没有了你的纠缠,恰好可以安心地煲一次养身的汤水。在为你燃着的灯下,在为你铺好的桌上,轻轻地晾上一碗。解你的酒愁。等你,也是想你;因为太过认真,渐渐就入了梦里。这一刻,我便是那沉睡的公主,静待王子的亲吻。不敢贪婪,只求一个,浅浅的就好。

熟睡的你,是我永世的孩子。悄悄地把手停留在你均匀的鼻息前,感受你的温度。我的头枕在你的臂弯,你的心跳与我是一个耳朵的距离。再也没有哪个女子可以离你这样的近,我看得见自己的幸福。可你为什么会皱起眉呢?头疼了吗?还是梦见了悲凉?以微凉的手抚你的脸,干净的指划过的地方都是最爱。我的肌肤贴着你的,即使面积再小;我们,关联着。

不说,也知道:除了我,你还有很多的牵挂。比如少年时的那个女孩,比如远方的家人。允许你思念并善待他们,也希望你能相信我在和你一样地爱他们。我知道没有他们,就没有今天的你。而我幸运,出现在了刚刚好的时间里,拥有了他们都爱着的你。

贫瘠如我,除了爱再也给不了你什么。所以想来想去,就想要给你一个家。一个有你有我有爱的家。

身不由己

人生有多少个抉择是身不由己的？我没有累计过，但总能听到一瞬间的挣扎追着脚步跑，声声呼喊里都是不愿。不愿意读的书，读了；不愿意做的工，做了；不愿意见的人，见了；不愿意走的路，走了……只一句：身不由己，就把这些无奈解释了个通透。转身的时候，可有人留意那些被江湖撞碎的青春瓷片？

"我愿意"，多么个性化的口号，然而口号就是口号，它替代不了现实里的"身不由己"。再聪明的人，也不过就是在"身不由己"的外面贴了个"我愿意"的标签，让别人和自己都看着舒服些，本质其实无二。笨人往往直接地承认"身不由己"，这样虽然常常遭遇轻蔑的目光，却防止了自己对自己的迷惑。起码这个瞬间是真的"我愿意"的。

"我是不得已的"，一句"身不由己"的歉意，惊醒了多少希冀的梦想？从此，朋友、爱人都成陌路。隔开再远都会疼的陌路，是花了血本换来的关系，其中代价不是谁都付得起的，其中故事也就只有沉默的表达。肯于讲出"身不由己"的，也算是个君子。但千万不必再给这六个字详细做解，如果结局既定，真的假的便已无实际意义。一句已经是伤害，后面的必定句句流血。若还念旧情，只交代到此就好。各自走好。

◆ 遗忘爱情, 遗忘你

爱情里面, 男人看重开始, 女人在意结果。

所以男人一定会找自己喜欢的女人来相爱, 却往往娶了不爱的那一个。女人则肯于和不爱的男人尝试相爱, 但一定会等到爱了才嫁掉。因此, 爱情一役难免总是有痴男怨女屡战屡败, 留下伤痕无数。

爱情失利, 第一方法是挽救, 最后一招是遗忘。聪明人最懂得运用这一策略。愚笨者却常常弄错了顺序。我挽救, 我尽力, 你若不肯回头, 我便忘掉你! 多么合情合理。如果先是毅然决然地 "忘" 了, 多少年仍会在深夜幻想着对方存有悔意。故事会在一次偶遇后重新在你心里演绎, 却多半在对方一句 sorry 里猛地惊醒, 坠入深渊不得超生。

遗忘也是艺术, 也有不可逆转的游戏规则。一定要先遗忘了爱情, 再遗忘掉人, 这样比较的干净和利落。没有了爱情的分离, 顶多就是怀有些许难过, 但不会伤身与伤心。一不小心弄错了顺序，在没有遗忘爱情之前先放掉了人，结果就如同没有成功的手术，会有数不清楚的痛楚随之而来，且源源不断。一场接一场的经历爱情，越陷入越麻木，最终导致爱无能。

因此，每个人不仅要学会怎样爱，还要学会怎样不再爱。遗忘爱情，遗忘你，听来残酷，拿来实用。不过这贴膏药功力缓慢，要耐得住性子才见效果。

◆ 不绽放，便枯萎

最爱写字的时候，我对朋友说：有多久不写字，我就枯萎多久。感觉里，写字可以让我绽放，悄无声息，却瞬间成花。

凯伦，我和梅子。

这一场见面是早就约好了的，一个月以前，两个月以前，半年以前……每次电话里我们都会提醒对方有着这样一个约会。真的见了，却是无话。所有的话，都在电话、EMAIL里说干净了，见面，就只是为了见一面。

一盘水果沙拉，50%的苹果，10%的情人果。我吃后者。
一份冷饮套餐，70%的冰淇淋，5%的雕花。我吃后者。
梅子笑我的行为太小女生。我不以为然，小女生长大就是小女人，没什么不好。我喜欢小，起码可以少些烦恼。

饭店,我和梅子,还有韩。

三个女子,各有命运,我们商量着怎样在另外一个城市里谋生。

两张看了多年的脸,眉目依旧,只是在笑得最放肆的时候,可以看见细小的皱纹躲在缤纷的表情背后,心里有小小的冷然。伸手去捂自己的脸,想象它是一只神奇的手,可以抹去一切岁月沧桑的痕迹,还我青春与年少来。

下得楼来,入得世去,我们随风走进夜色里。

韩说:立正! 报数! 然后她说了一,我说了二,梅子说了三。这样的顺序,在我们认识的那天起就没有改变过。

以前,我们论年龄、论身高、论自立能力;如今我们只论事业和情感,排行依旧不变。韩已小有成就,我在路途中,梅子刚刚步入。韩在婚姻里,我在爱情中,梅子在这一切之外。岁月改变了我们每一个,但只改变了我们每一个。

放着钢琴曲的酒水吧,我是安静的听客。听韩说婚姻的烦恼,听梅子说一个人的艰难。在她们眼里我正不早不涝地幸福着,算是幸运。我不辩解,冷暖自知,说与不说,不会有什么改变。

是谁第一个想起用花来形容女子的? 我觉得这个人一定把女子懂到了骨子里。女子本是极其容易寂寞的,发芽的时候,生枝的时候;开的时候,落的时候;只要有变化,寂寞总是第一个袭来,最后一个败去。

女子若花,命运不外两种:绽放、枯萎。于是我们认识了天堂鸟样的张爱玲,仙人掌般的三毛,九月菊式的安妮宝贝;甚至颇得争议的卫慧,也是因了把自己绽放成罂粟,才吸引了世人的目光。而我等平凡女子,生来遍野,开也只是簇簇丛丛的兰花或者满天星,永远不会突变成玫瑰与牡丹。但是有什么关系呢? 只要绽放,就会有采花的人来驻足,若然可在这一刻给了他全部的花香,便是不枉费花开一场。也就足够。

　　临别,我对韩和梅子说,一个人的时候,对自己好一点。青春本短,我们不该苦了自己。

◆ 记得我的请举手

　　一个喜欢逛红袖的姐姐留言给我,说是看了一篇文字,觉得写的是我。我没打开她给的地址,因为不看也知道,那写的是我,就是我。

　　四年,网络,我的传闻一直在,那些评说与杜撰的文字也一直在。我看,用看别人的眼光和心情,看一种自己以外的热闹。

　　我也写字,自然也会写到人,写熟悉的人,写陌生的人。常常会因为一句话而爱上一个人,但我只是让自己爱上,没有别的。与一场不必要的延伸相比,我更喜欢这样的适可而止。

　　始终认为自己是流动的,像水,透明、缓缓流淌的那种。据说,这样的水里,养不下鱼。换作我,养不下的,大概是情。佐证是那段俗语:流水无情。

　　一个朋友和我说情人间的吵架,她说吵架太让人伤心,但她不知道我多渴望有个人能和我吵架。但凡还可以吵是因为还有在乎,而我,多少年了,连个吵架的对手都没有,那是绝望的孤寂。

总是这样的,相遇,然后分开。与不同的人,在不同的站台。有的时候,会很随意地说上一句:我只是在路过你。对方愕然,忙不迭地问为什么,我就指指胸口,因为还不是终点,所以我必须走。

行走,令我看起来有一点点洒脱,在那些看风景的人的眼睛里。其实洒脱的不是行走本身,而是放弃。小的时候,不肯吃药,妈妈常做了示范,然后说:我敢,你敢么? 我也敢,不仅仅是吃药,还有很多别的。因为敢,所以我习惯了和自己赌,赌转身后有多少记得和遗忘,赌的都是自己的输赢。

喜欢过多少个人,早就数不清楚了,我认为我天生的色。我跟八十五岁的客家婆婆说喜欢,用语言,也用身体;回报是我被她骂作疯丫头。我是疯,那又怎么样? 我觉得我的疯有道理。有道理就有坚持的理由。当未来没有出现,我坚持把握现在。现在,我喜欢你。

听 SUPERSTAR,量了量,我大概已经一百八十岁。反复地跟着唱一句:如果我忘了我,请帮忙记得我。

希望十年后,我还疯的有胆量问:记得我的请举手!

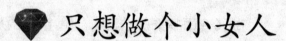 只想做个小女人

女友交了新男友，年刚而立，家世不错，人品也不错；但几番接触下来就不再愿意继续了。问其原因，女友反问我：你能接受一个既不能主外又不能主内的男人么？他连去哪里吃饭、吃什么都要我做主，将来要是真的在一起，能指望他为我做什么？

我笑，也许这个男人只是想展示自己的绅士风度。女友进而又反驳：我断定不是。我和他谈论一些问题，他都要先听了我的口风，然后再随声附和。一个连自己的观点都没有的男人要来干吗？最让我接受不了的是，他对自己的事业没有规划，却对我的未来充满期待！这下我就无话可说了。

想着我也曾对男人心存幻想，期待着他能替我做主。甚至并不在乎他英不英俊，富不富有，只求他可以为着我，护着我，把我放在身后，给我一个小女人空间。后来渐渐明白，这是比童话还童话的梦境，于是放低标准。想着哪怕他什么都做不了，仅仅是给一个像模像样的霸道，也愿意接受。但原来他爱你是一码子事，担负你的

一生又是一码子事。纵使他可以做一个公司几千万资产的主,他仍然不肯担负一个女人的重量。

先一步通晓真相的女人都学会了坚强,学会了自己做自己的主。即使在某个路段遇到一个尚算钟意的男人,也不敢松懈和更改自己的努力与方向。于是走着走着,就把自己走成了一个大女人。不但做自己的主,还做男人的主;也许是做一个男人的主,也许是做很多男人的主。

近来最红的大女人当属台湾吴淡如了。大学讲师、电视台主播、畅销作家,这名衔披挂在一个美女身上,会让很多男人望而却步吧? 在喜欢、追求的脚步里也是存了许多的犹疑的——这样的女子,你配得起她么? 其实,换了毕薇薇来做这些事情,今日的成就不见得就比吴淡如逊色。只是毕薇薇先遇了刘墉。刘墉可以做大学讲师、可以做电视台主播、可以做畅销作家,甚至还可以做旅美的画家,因此毕薇薇根本不必做什么大女人,辛苦地撑着人前风光;她只需要一脸优雅一身幸福地若隐若现在那个大男人的后面,就已经名利双收。小女人的命运都如斯,谁能说不艳羡?

眼红归眼红,在没遇到刘墉那样的男人之前,我还得一切靠着自己,还必须马不停蹄地奔波在通往大女人的路上。
一个异性同行打趣我:你就不能示点儿弱,让我们也得个表现的机会?
我模仿着他的怪声音:你就不能要点儿强,让我也得个把休息的机会?
然后,两人对笑。

做大女人还是小女人,看起来完全在于女人自己选择,但更多的时候是因为没有男人照顾你或是有了男人他也照顾不了你,这算不算是最无奈的选择? 常常见到一些主妇在做着全家的主,忙里忙外,问其是否辛苦,她会说:没办法,总要有一个人来做主,他不行,我就不得不——行。

不得不行？如果这个理论成立的话，那请命运一定把我安排成不行，然后他就不得不——行。若然还不奏效，就把我送回到封建社会去，做那大门不出二门不进的闺中女子。若此，未嫁从父，婚后从夫，老来从子，一生里总有个男人是不得不替你做着主的。虽然他不一定做到最好，但起码可以替你撑着天，挡着风，遮着雨，多幸福。

第三章 给我一个满足欲望的拥抱

◆ 结婚是个壮举

在厨房准备晚饭的时候,邻家的夫妻正在吵架。不明原因,但彼此骂得很凶,还有厮打的声音。

葱郁的香菜叶子在我的指上绽放如花儿,尽管掺杂了他们的谩骂,我仍然觉得香气萦身。一墙之隔,生活已差过多少个镜头的定格?

有一种冲动,想敲敲他们的门,与他们谈谈当年。十几年前他们的婚礼也许根本谈不上豪华与奢侈,但我想也该是甜蜜了两张年轻的脸、两颗憧憬的心的。是经历了怎样的打磨才到了如今的败损? 我想象不出。

以我小女子的幻想,他们第一次吵架的时候,想来不会是这样的无所顾忌。大概女人一流泪,男人就会揽柔在怀软声细语地哄了;而当女人铺好了被褥递一个娇媚的眼神,男人的气恐怕也就烟消云散了。彼时的吵,真真假假,含嗔带怨;恰似一味必用的调剂,烹饪出那道叫做"家"的香肴。

于是,女人为着男人常哄着她,变本地持娇要宠;而男人为了看女人嗔怪的俏模样,也加利地故意逗趣。菜单子越开越多,调味越下越重,以至于渐渐就成了这对夫妻的此刻,国骂来国骂去,还动了手。今夜、明夜、甚或后夜里,他们可还会同床共枕? 而一被相拥的时候,各自的心里又当如何?

他们的吵架还在继续,我的香菜已经上了案板。拿起刀的那一刻,我突然想到一个词:壮举。不是赞叹即将死亡的香菜,而是由衷地佩服了这对夫妇。真的,我佩服他们敢于向爱刺剑的勇气,佩服他们浴血奋战的精神,更佩服他们漠视百日恩情的无畏。

忘记了在哪里看到或听说的了。大致是说,中国人以前见了面会问:您吃了吗? 现在会问:您换了吗? 意在讽刺现在的离婚率太高了。于是,一种新的论断开始风行:婚姻是一场赌博。赢该庆幸,输当无怪。

若此,结婚是个壮举,我这样想。

给我一个满足欲望的拥抱

在很多人眼里,我是个欲望感很淡薄的人,对什么都是无所谓的态度。想想也是,物质生活始终丰富,精神生活刻刻精彩,还要怎么样呢？我知道我没有理由不满足,但我更知道我的确有一样东西至今未被满足过。

拥抱。
记忆里,我没有得到过完整的拥抱,一次也没有。
所以,拥抱占据了我欲望的全部。

小的时候,父母忙于事业,将我寄养在祖母家里。而祖母是个受着传统教育的女性,其观念里女子皆要做闺秀,事事都以三从四德为出发。因此我得到的拥抱都是按照规矩做出来的,时间刚刚好,力度刚刚好,距离也刚刚好。很多年以后,我常在电视上看两国的领导人重复着做它。每看一次,我的背后都会有凉风掠过。一个孩子的童年,竟是如此的苍老。而这苍老,再不会,还童。于是现在的我成了最喜欢抱孩子的人。我愿意让自己的掌抚过那小小的背,紧紧地拥住那细细的腰。留心过,所有的孩子在那一刻都是开心的。

而我,因为没有真正的经历过,所以并不知道自己的得到是带有缺陷的。很长时间里我以为拥抱就是我得到的那个样子的。它是一种比握手更亲近的礼仪,用来表示关爱,不常常使用,就这样。直到谈了一次恋爱,被一个男子的怀暖暖地拥抱过,才明白自己的世界原是残缺的。拥抱原来还有另外一个样子:可以没有距离,可以忘了时间,还可以把彼此揉进灵魂深处。拥抱是这样的好,一朝经历,便欲罢不能。我开始疯狂地喜欢接受和给予拥抱。理由有爱情、有友情;对手有男人、有女人。

有人问我,你理想里的男人什么样?我答,他该是可以给我拥抱的人。很多男人觉得这个要求简单极了,于是纷沓而来。他们会拥抱你,只是时限不过超过五分钟,然后他们会向上或向下。对于现实的男人,上面是示爱,下面是做爱,中间只是个过场,或者过渡。可是在我眼里,上面是索求,下面是索取,中间的部分才是关爱。这个道理,他们不会懂,而我不会去解释。

男人说,爱我就给我。我问,为什么不是爱我就保全我?都说过了那张床,男人才把女人看成是自己的,也才能把自己完全交付给女人。我想这只是个堂皇的借口。男人和女人最近的距离不在床上,而是在拥抱里。你的胸膛贴着她的心脏,清楚的听见彼此,是真正的没有间隙。

《泰坦尼克》里最经典的镜头是船头上的拥抱,一个情侣间最常见的亲昵动作宣告了一场爱情的诞生;《神雕侠侣》最后的定格是杨过与小龙女的拥抱,以此昭示他们将从此幸福的在一起。仔细想想,我们看过的很多影片和小说里,不论爱恨情仇如何发展,导演和作者都不会吝啬到不给一个拥抱的片刻。而你在回想过去的时候,最温暖你的是他曾经的诺言,还是那个夜晚的拥抱?

于我,是拥抱。

分手了。所有的山盟便已灰飞湮灭，所有的海誓也都再没有了实现的机会。只有拥抱，一幕一幕安静地浮现在记忆里，以绽放的姿态诉说着，幸福曾离你多么多么的近。

因此，再爱，我依然不计代价。只要他可以给我一个满足欲望的拥抱。

要做就做结婚狂

和一个姐姐聊天，她调侃自己是结婚狂。想想真是，70后的我们已经不再是那些玩在后儿童时代的孩子了，婚姻的门已经伫立在眼前，推不推得动，进不进得去，是个必须思考的问题了。

前年看朱德庸，觉得结婚狂真丑陋，换了我是男人也不要她；去年看刘若英，发现结婚狂其实很可爱，作为女人我都喜欢她。一部电视剧，产生了一个新名词：结婚狂。结果发现，这样的人绝不是少数。认识的朋友里面，结婚狂真的是越来越多。当初都是标榜自由的家伙，现在都争着抢着要进城。

不过再想想，好像敢于贴着这个标签的都是女人。男人即使寂寞难耐，欲火难平，也只是和哥儿们故作无谓地说：结婚多麻烦，我这样挺好。即使有了女朋友，他们也宁愿谈着、同居着，而不是结婚。似乎现代婚姻首先是累赘与包袱，其次是接受与忍受，最后才是幸福与甜蜜。

始终都是很佩服甘于做结婚狂的女人的。打出这样的旗号，说明她们已经做了充分的准备。把自己的一生交给一个男人，把自己所有的柔情与关怀都用来打造一个家。再没有比这样的女人更适合做贤妻良母了。

这个混乱的时代，肯于对婚姻抱有幻想的女人是个勇士，而还愿意做结婚狂的简直就是个英雄了。且英雄不是人人当得了的。我曾经尝试多次都以失败为告终。所以更加羡慕还在坚持的朋友们。

二十岁的时候，想象三十岁的自己应该可以做白骨精（白领、骨干加精英）了，每天与一群男人较量智商。如今想，即使赢了他们又怎么样？一百个下属男人垂耳听命，也敌不过一个男人宽厚肩膀。女人，终究是结了婚，才算女人的。

如此衡量，单身的女子什么都可不做，却一定要做结婚狂。抓住那个属于你的男人，找到足以倾靠的肩膀。幸福的门，就开了。

◆ 我爱网恋

　　喜欢网络这个虚拟的空间,喜欢聊友那些真诚的心灵,于是想要一段属于自己的网恋,填满生命里最后的空隙。

　　知道你会告诉我,网络有多么的不现实,网恋又是多么的容易破碎。可是世界上就是有人倔强到不会回头,比如我。因此我想要,我就敢要,敢要一场不计后果的网恋。

　　知道你要问,为什么选择网恋,而不是找一个现实里的男子来相恋。我的答案是现实的爱情比网恋更难以让人相信。现实里的爱情总是要奔向婚姻的,在这个跑道上面夹杂了太多的指示线,目标明确,不容偏颇。而我只想要一场恋情,简单的,温暖的,不太浓烈的。

　　因为距离,网恋不能牵手,不能拥抱,不能 ML,于是它被传统人群看做柏拉图式的精神恋,不够现实,不值得投入。与他们相反,我从来不觉得网恋弱势,我是喜欢这种看似单一的沟通的。因为它的惟一性,更增强了它的专一性,它比任何形式的爱情都更深入灵魂内部。

我们常见现实生活里物质男女的爱情匮乏,但少见网络恋爱里精神男女的物质短缺。可见,虽然物质基础决定了爱情建筑,但爱情建筑终归要重于物质基础。那么同样的一个建筑,你选择整体,还是只要一个客厅、厨房或者卧室? 我要全部,我选择网恋,起码在那个世界里,我是全部。

别因为我擅长游戏文字,就猜测我也喜欢游戏感情。真爱对谁都不会只有一次,但每有一次绝对是一场生死。网恋其实是很真实的,那些关心,那些爱护,那些日日夜夜的陪伴都是真心的付出。而且这付出,不求金钱的回报,不求生理的满足,甚至看不到一个亲见的微笑,但正因为如此,它干净、纯粹、清爽的像春风,沐浴身在其中的两颗心。

网恋如此美好,我为什么不能要一次? 别和我说,它的短暂。我要的是它的干净。这个世界上已经少见干净的人了,请允许我奢望一次干净的情感。

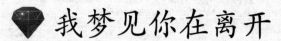 **我梦见你在离开**

一直在猜测,你是否爱着,或者爱过我。

我在你的表情里寻找答案,结果得到五个字:生活在别处。

生活,不过是一些相遇和分离的更迭,然后统统地忘记与不再想起。多少年后,地铁里那张年轻的脸,让你似曾相识,但也只是似曾,一晃而过的瞬间里根本来不及回忆,你就再一次错过了重逢。

这个过程里,不得有怨言。

出去走了走,午夜的路灯下,我踩着自己的影子。不疼,于是就又踩上两脚,还是不疼。我哭了,一颗心麻木到不会心疼的程度,人是不是就死了?我看见一个小女孩在笑,安静地笑,像花,默默地绽开。十六岁的我,十八岁的我,二十岁的我,多么单纯而无忧。是谁拿走了这一切,悄悄地换给我烦恼和忧愁?

比我小六岁的男人说,他最想要一栋面向大海的木屋和春暖花开的林园。我说我也想。然后我们假设真的拥有，假设着过每一天的柴米生活。他惊讶于我对生活要求之简单，他好奇我为什么不是物质的。我用呼吸拍过他的头，姐姐老了，所有的物质都幻想过了，现在只好幻想精神了。我们笑了。

这个夏天，依然有好多的婚礼，我不在其中，连观礼也靠不近一个。和那些浓妆的新娘相反，我披散栗色的长发，穿黑色的裙子，露白皙的小腿，着矮跟的鞋拖。我雕塑一样地挺立，好像一直在等待着他们的幸福穿过我。我不知道，他们中间，有几个人会抬头，会看见我手中的线，会找到那只飞翔的风筝。

我是一只风筝，可是我不想做风筝。只有流浪过的人，才知道漂泊的滋味有多难受。然而，这个世界有风，所以我没有永恒的停止。休憩是种奢侈，如同乞丐向往爱情，总是天上人间的距离。

收留是个温暖的词，容易让我心生感激。哪怕是一夜，或者是一句我期待听到的话，就足够我感谢一生。因此我一生里都在还债，并不断地欠情。我高兴用这个方法计算和所有人的关系，可以轻易地撇干净，多好。

我不喜欢企图这个词，一点儿也不喜欢。我没什么可以让人企图的事或物，我穷得仅剩了自己。所以任何人的靠近和离开我都理解，理解他们的好奇与失望。然，我是卑鄙的，偷偷地保留了一个企图。我的企图是你。

我的企图是你。
你是我全部的贪婪。

我梦见你在离开……
一些泪，我不知道它们是不是我流下的。

为爱而生的女子

　　我把爱装进贴身口袋，然后打点行囊。我要去另外一片天空里重新飞翔。或许会很艰难吧？但艰难还是好于苦难的。我再也不要忍受精神的饥饿。我必须让自己过得更好，更快乐。

　　出发至到达的中途，我去了另外一个城市。

　　因为那里有一个我牵挂的灵魂。

　　我一直是这样的，感性得一塌糊涂。要做的事情谁都拦不住，一定要做了，痛了，才罢休。不是没有预见后果，只是早已经顾不得后果。我总是想，人就这么一辈子，为什么要那么克制和亏待自己呢？我做不来，所以我注定漂泊，为爱漂泊。

　　人生，原来只是一条横亘的河。没有选择，必须经过。

我欲望的全部是一只可以野渡的舟,能安全地陪我一程。

我不想,一辈子,一个人。

有多少人正在因为一个人而爱着一个城市?

飞机抵达北京的天空的时候,我开始恍惚。没有爱情的地方,我能生存多久呢。有人说,你终会爱上那个城市的某个男子。我不知道自己是不是这样的希望着。

我是一个为爱情而生的女子,但却总是在错过爱情。我无法改变自己对爱情的态度,也不愿意勉强别人为着我。

如果可以,我愿意为一个人而去爱一座城市。

◆ 亲爱的，请和我一起奔跑吧

在一个有着夏天的阳光的秋天的清晨，我发现自己喜欢上了路过。

于是，我坐在车里，一遍一遍，路过自己住的地方，路过我曾经去过的地方。

真的就只是路过，不曾有哪怕半秒的停留。

我穿艳粉色的半袖毛衫，洗得发白的奶黄色帆布裤子，披散长发，赤裸双手。我在行进的车子里摇摆如落叶，可以很细微地体会到自己的坠落，但好像永远不会预知自己将会何时到达尽头。多奇怪，我们一直以为自己是在前进的，事实却不过是经历了一场凋零。人生只是一个抛物线的弧，短暂上扬的表面背后隐匿着漫长的枯萎。而我们往往早就察觉了别人的悲哀，却最后才知道自己的可笑。

是谁在欺骗着谁？以爱的名义！我不知道。

我清楚的是自己心里的孤独。不被懂得的孤独。我的玩伴说，你别要求太多。面包和爱情只取其一，就会快乐很多。我咬咬嘴唇，感觉很委屈。我真的没有要太多，仅仅是一场有阳光的爱情，算奢侈吗？算吗？

我曾和我爱的男人说，我们最后都是要一个人的，没有谁能陪谁一辈子。这话不是我对生活的总结，我只是想告诉他，我觉得孤独了，我需要陪伴。写下这句话以后，我明白，自己又奢侈了一次。命运给我的安排里面没有相守，它一直在让我习惯一个人晒太阳，一个人赏月光；习惯从一个城市流浪到另外一个城市，从一个人的心里弥漫到另外一个人的心里。总之，我没有永恒的落脚。有的时候，我甚至会想，我还能不能接受身边有另外一个人夜夜存在？

一个人索然久了，就会忘记两个人的甜蜜味道。

我知道我需要一个目标，然后努力，不停止地努力。这是忘记孤独的惟一办法。糟糕的是我没有。这个世界是丰富的，但我想不起该向它要点什么好。因此，我有了一个被叫做"寻找"的目标。我开始在或笔直或曲折的道路上狂奔不止，顾不得旁人诧异的眼光，也无暇回答他们的疑问，我想的是要早日找到"寻找"，否则我将倾尽一生来寻找它。

我在矛盾里辨证地奔跑着。

很久以前，一个朋友对我说，猫，你要等等我；不然我们就会有差距，再然后就会分作陌路。当时的我还不够大，理解不了她心里被我扔下的恐慌。而今，我终于体会了恐慌的滋味，但却无法停止奔跑的脚步，无法等候那些追赶的脚步。我在默默改变，而他们依然，于是一场再深的缘也只能以经过结尾。尽管我也不喜欢这样的结局，但却无法改变，无法改变自己奔跑的速度，也无法改变他们张望的态度。

我想，我是会永远记得他们的。没有人会舍得忘记美丽，我也是。遗憾的是我

终究无法带走他们。据说，行走要少带行囊，一路下去才不会很辛苦。

最美丽的记忆，成了最大的痛苦。这就是贪婪的代价。

然而，人都是有贪念的。这个解释给了我幻想的理由。如果再遇到一次爱情，我一定对他说：

亲爱的，请和我一起奔跑吧！这样我们才能长久地行将下去，朝朝暮暮，生生世世！

第四章　谁来和我笨笨地相爱？

两颗尘埃的故事 /117

因为深爱，所以错过 /119

小狐狸的爱情往事 /121

树与孤舟 /124

如果你看见过这两只猫 /126

像莉香那样爱得哭了 /129

谁来和我笨笨地相爱？ /132

爱，本是一句谎言 /134

有些相遇并不艳丽 /136

有止境的计较 /138

每个人都是如此长大的 140

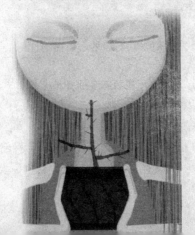

欲望手记
■ ■ ■ ■

　　我开始关心别人的爱情。朋友的。小说里的。电影里的。找了《东京爱情故事》来看,看到最后就像看到自己,像莉香那样爱得哭了。

　　我从很多故事里得到了片刻的温暖,也得到一种燃烧的力量,就像最黑的夜空里那一颗远远闪烁着的星星坚强地等待太阳的升起。

　　我把自己的听说与想象写下来,给自己和大家看。写得多了,回声也就多了起来。我在他们的描述中看见一个不勇敢的自己,于是就轻笑着原谅了曾经的过错。我们每个人都是这样长大的呵,一条寻找爱的路,走得铿锵者有之,走到最终的却不多见。不知是该为路上的我们感到不幸,还是应该为爱情感到不幸?

　　《一米阳光》里,何润东坐在台阶上,听小女孩讲她的故事:
　　我非常喜欢他,喜欢到想变成他的一颗牙。
　　因为上个星期,他掉了一颗牙,
　　如果我是那颗掉了的牙,
　　他就会因为没有我疼得哭了。

　　听着他们的对白,看小女孩稚气的表情,我的心莫名地被揪紧。
　　原来,这么多年,支持我走下去的,不是我将会拥有怎样的爱情。
　　而是那些我随时愿意交出感动的故事里的爱,和信仰。

两颗尘埃的故事

【A】

很久很久以前，在悉尼歌剧院的门口，两颗尘埃相遇了。

它们微笑地寒暄着，话题很自然地聊到了正在进行的演出上。

一颗问：现在演的是哪一幕剧啊？真好听！

另一颗答：我不知道，但是可以帮你打听打听……

话音未落，一阵轻风拂过，吹散了两颗尘埃。

……

【B】

很久很久以后，两颗尘埃在异地重逢了。

它们一下子就认出了对方，并谈起了过去。

一颗说：还记得我们一起听过的那幕歌剧么？多好听呀！

另一颗说：当然记得，我还打听到了它的名字和结局，就等着再见到你时说给

第四章 谁来和我笨笨地相爱？

给我一个满足欲望的拥抱

你听。

从此，它们手牵着手，随风儿浪迹天涯。

……

【C】

一个深秋的午后，初读这则故事。那一刻阳光亮亮地掠过桌面，无数的尘埃放肆地在温暖里跳舞，每一对儿都牵着手。

没有情节，没有跌宕，仅仅是两颗微小的尘埃，几句简单的对话却给了你一个美好的结局；不是友情，不是爱情，仅仅是一个坦白的问题，一个认真的回答被理所当然地衔接。

"很久很久以前"、"很久很久以后"，源于这旷世的相隔，我们的心就不由自主地要为两颗尘埃历久漂泊后的重逢和彼此深深的惦念感动不已。在它们漫长地相寻过程中，我们看见了什么？执著？真诚？甚或更多……

◆ 因为深爱，所以错过

她初二时，他也初二。

他常常喜欢在课堂上纠结她的麻花辫子，然后在放学时一路向她道歉至家门口。他还喜欢拿一些有点儿难度的题目去请教她，然后看她冥想时浅浅皱起的眉轻轻嘶咬的唇。他觉得她很好看，是可以看一辈子的美丽。

她高中时，他读中专。

他晨练的地方是她上学的必经之路。她出现的时候，他就停止一切运动，远远地看瘦瘦的她背着大大的书包低头匆匆走过。他想她一定很累，感觉里是日渐地消瘦了。他的心里开始有了隐隐的疼，很想替她分担所有的负累；但怕自己也是她的负累，所以只能看着那背影渐渐远去。

她大学时，他修夜大。

他每次法律课都提前一个小时到，那样可以遇见旁听的她。开始有了新的交点，虽然话题是极为散淡的，在他却都回味无穷。他终于意识到自己不仅仅是喜欢她，而是爱着。当他想表白的时候，才发现她的身边已经有了个"他"。他们相挽着走过，没有人留意一束玫瑰在风中掉落。

　　她上班时，他要结婚了。

　　他想了很久才决定由自己告诉她这个消息。故作轻松地，他笑问：什么时候轮到你啊？那边沉默了很久，才说：我们分开了。悔意顿起的他哑了口，很想安慰她，开口却是：我，其实一直爱你。

　　她来告别，他已成了一名父亲。

　　他想起曾经的一切，晃若隔世。她看进他的眼睛：你从初中时候就开始喜欢我了吧？他闭了眼：可我说得太晚了，是么？她拭掉他的泪：因为深爱，所以错过。也许我们的缘分注定是很好很好的朋友。我会永远记得你——因为我也一直那样地爱着你！

💎 小狐狸的爱情往事

如果你看过《小王子》，就不该问我谁是小狐狸。可是，也许你还不知道那个故事，所以我愿意坐下来，讲讲我的爱情。

它发生在很久很久以前，久到想起来已是恍若隔世。

那天，我去看望住在沙丘上的仙人掌阿土。他刚好坐在那儿休息。一张极其好看的脸，却写了满唇的忧郁。我忍不住伸出手，想抹去他的忧郁。我们就这样认识了。

他看着阿土说：我叫小王子；然后给我讲了玫瑰的故事。

在一个遥远的国度里，他和他的玫瑰相依相伴。因为只有他们两个，所以生活平淡似水。他不愿意这样过一辈子，决定出来看看外面的世界，为玫瑰寻找更幸福的生活。尽管一路上他看到了很多新奇的事物，认识了很多的朋友，但还是越来越思念他的玫瑰了。而现在他的飞机坏在了沙漠里,他怕是要与他的玫瑰从此天涯了。

一直生活在沙漠的我,除了风、沙、仙人掌和偶尔的雨滴,没有其他的朋友。我以为世界就该是这个样子的。听了他的故事,我才知道在我拥有之外,还有一种情感叫爱情。我开始向往起爱情来,因为觉得被他爱着的玫瑰是幸福的,而思念着玫瑰的他也是幸福的。我也想拥有这样的幸福。

于是我恳求他来驯养我,像他当初驯养玫瑰一样。

阿土说,你太傻了。他对玫瑰不是驯养,是奉养;而你只是狐狸,永远替代不了玫瑰。

可身陷爱情的我怎么听得进去。我甚至侥幸地想:时间久了,他就会淡忘玫瑰。难道现实的狐狸比不上想象中的玫瑰么?

引他住进我的巢穴,想给他世界上最快乐的生活。可我只是一只小狐狸,除了沙漠再也不知道别处的小狐狸。我能做的仅仅是在白天看着他修缮飞机,夜晚安抚他疲惫的身心。

日子一天一天地过去,我们就这样地生活着。

当他的目光越来越多地停留在我的身上,当他的拥抱越来越紧地围绕过我的心,我以为自己得到的就是爱情。

我觉得自己是世界上最幸福的那只小狐狸了。

后来,一个飞行员路过我们这里讨水喝。他把我们最后的食物和水都给了他。

飞行员感激地说可以送我们他飞机上的任何东西。结果他拿了一颗很小的螺丝钉。

飞行员走后的第三天，他告诉我飞机修好了。我以为他会带我做一次飞行，但是没有。他更多的时候是沉默地望着蓝天，却并不碰触他的飞机。

可我知道他的想法，而且没有办法装作不知道。于是我开始打点他的行囊。

那一季，雨来得很急，走得也很快。看最后的一粒沙也重新干爽起来，我把他推上了驾驶舱。

"去吧，回到玫瑰的身边去。你已经离开得太久了，别让她等得枯萎了。"

他用湿湿的目光抚摸过我的脸。我想起了我们初见的时刻。但我已不能再次伸手。

挥手作别，我把最后的笑颜留给他。转身，泪已湿面。

阿土说：别哭，还有我呢。我们还可以像以前一样地生活啊。我吻过阿土带刺的脸颊。还是选择了离开。离开曾经爱过和伤过的地方。

如今，一个单身的小狐狸，独自走在辽阔的草原，有一点悲壮，也有一点苍凉。虽然不知道爱情在哪里，但它坚信自己的每一步都是向着那个方向。走一步就会离幸福近一点，所以从不放弃。

给我一个满足欲望的拥抱

第四章 谁来和我笨笨地相爱？

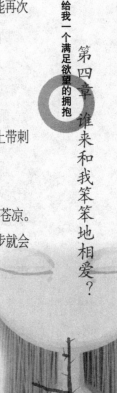

◆ 树与孤舟

它曾是岸边老树的一粒种子，却暗暗喜欢上了一叶孤舟。

那是一只破旧的、被遗弃的孤舟，停靠在少人走过的浅滩。对年轻的种子而言，孤舟满是故事和过往，偶尔地轻轻摇摆，都是经年的舞蹈。

随风散去的季节，种子选择留下，落在离孤舟更近的地方。一株小小的树苗直直地站立，隔着盈盈的波，偷偷望向孤舟。总疑那摇曳的桅杆是前世的洗衣女子，今生还在找寻落水的青衫。也疑那低置的橹是曾经的垂钓姜公，至今仍在等待有缘的鱼儿。静美是完整而不忍打破的风景。心唤无数次孤舟的名字，出口总是无声。无声，也是言爱。

春水的轻触，夏雨的慢淋，秋风的淡拂，冬雪的缓戏；或许是无意，或许是必经。在树苗的眼里，却都是对孤舟的残酷蹂躏。开始盼着长大，伸浓浓密密的枝桠。纵使不能繁衍成林，也请让我做棵参天的树；纵使不能傲对物境变迁，也请让我为孤舟搭建温暖的停塘。

成年的树离孤舟很近了,可以清楚地数出舷上的每一道痕迹。多了解一点,就多心疼一些。含泪的月夜,树看见久闲的橹隐隐地骚动,如脱鞘的剑闪出惊世的寒光。于是知道,行走,才是孤舟的此生梦想。百年停泊,只为静候撑篙的人,期待解索而去的时刻。

那一季,雨极大,水极深。整个村落渐渐在洪潮中沉去,那叶孤舟慢慢在人心里浮涨。

翻云过后,壮壮的树,死了。人们说可惜了如此上好的木材,不如拿去修补那百年老船。那可是救命的宝船。

晴空,静水,一叶孤舟顺流南去。有古曲扬起,留声两岸。只有扬起的帆能听懂,舷与橹的轻唱,唱永生不再分离。

给我一个满足欲望的拥抱

第四章 谁来和我笨笨地相爱?

◆ 如果你看见过这两只猫

【NO.1】

她是一个怕冷的孩子。

因为没有家人的呵护,所以只好安身在空罐头盒子里。

冬天的时候,就找来些毛线给自己取暖。

后来她发现,用过的毛线都是蓝色的。

于是给自己取名字:淡蓝。

【NO.2】

一直以为自己是最孤独和最可怜的人,却在街上捡到了另外一个流浪的生命。

牵他的手,回到蜗居,开始两个人相依为命的日子。

这样的冬天,身体靠着身体,寒冷就不很可怕了。

他说,从此我的名字叫深蓝。

为你深蓝。

【NO.3】

长大的他们都找到了很好的工作,渐渐改善了生活环境。

有了一栋很大的房子,一张很大的床。

可他们还是喜欢挤在一起睡。

彼此拥抱,是安全和温暖的距离。

【NO.4】

生活的压力像乌云一样压下来,他们也不能免俗地陷入亚健康相处状态。

再也没有拥抱,没有话语;甚至也没有冷战和争吵。

一个睡床,一个睡沙发。

三米的距离里,隔着一扇敞开的门。

【NO.5】

难得的,一起出去晒太阳;满眼都是比他们幸福的人。

淡蓝自语一样地低喃:多像以前的我们。

深蓝低了低头,又抿了抿唇,什么也没说。

最远的距离,其实也不是我在你身边,而你不知道我爱你;或许该是我还爱着你,而你已经不能回应我。

【NO.6】

深蓝在一个初夏的清晨离开了淡蓝。

院子里,一起种下的向日葵已经开成很多小的太阳。

很热很热的季节,淡蓝的心却是空空的冷。

她总要在门口站到天黑,期待一个身影的转回。

【NO.7】

成了一个人的淡蓝开始经常地光顾典当行,频繁之极令人瞠目。

而她始终沉默着。

给我一个满足欲望的拥抱

第四章 谁来和我笨笨地相爱?

默默地放了东西在柜台,默默地拿了钱急急地离去。

直到卖掉最后的家什。

【NO.8】

秋天快到的时候,淡蓝也离开了故乡。

在城市,在乡村,在许多许多的地方,总有人看见一只飞奔着的猫。

没有人知道她的终点是何方,却很清楚她不需要驿站。

因为她一直一直在问:你见过一只叫深蓝的猫吗?

【NO.9】

千山万水的见了,也不必说迢迢里的苦。

和最终厮守相比,一切的难都值得。

淡蓝说:你该抱抱我,你很久没有好好地抱过我了。

深蓝笑了:可我想吻你,不长,就一生。

像莉香那样爱得哭了

十七岁,懵懂的年纪,二月十四日的晚上跟着姐姐看了一夜的《东京爱情故事》,从此记得了情人节,也知道了爱情是种让人幸福而又难过的感觉。赤名莉香的笑像朵瞬间绽放的花儿,一下子就缤纷了眼前人的世界,让你不由得不感动。于是就很恨永尾完治那个大笨蛋,总觉得他辜负了这个可爱的女子。

轮到自己谈恋爱,开始明白爱情里面隐藏着很多的不得已,开始理解完治的选择,但还是心疼着莉香。一遍一遍地重温过,印象深刻的不再是莉香的笑,而是她的哭。那些隐忍着,不肯掉下的艰涩眼泪。

阴雨的夜里,在面对完治迟到的隐喻,莉香第一次放下了强颜欢笑的面具。但她没哭,而是微弱地笑了笑,靠着完治轻声地说:"我不行了,只是能撑到现在。好像已经是极限了。虽然你离我这么近,看起来却好像很远。这到底是为什么?"当完治试图用谎言来掩饰内心的慌乱时,莉香终于崩溃了。"你会后悔的,你会后悔的,心里只能有一个爱人,不能有两个,爱我的你在哪儿? 24 小时都爱我,工作时,玩耍时都爱我,你不是曾经说过这样的话吗?将我抓得牢牢的,把我盯得紧紧的,不然的话,我会离你而去的!"这是我记得的莉香的第一次哭。

在从爱媛回东京的电车上,莉香最后一次回忆了和完治的往事。拿着照片给莉香讲家乡故事的完治,细雪纷飞中轻拥着莉香跳舞的完治,第一次告白吻向莉香的完治;还有寒雨中等待完治的莉香,公园里主动示爱的莉香……莉香的泪水终于在一幕一幕的倒现里流了下来。这是我记得的莉香的第二次哭,也是最后一次。

其余的剧情里,我们就只见她的笑,眼睛弯弯的满足样子,从出场到退场。特别是与完治分离多年后的街头偶遇,在那个可以眺望东京美景的天台之上,莉香还是那样笑着说:"我已经习惯自己一个人了。"完治着急地问:"这种事情怎么可以习惯呢?"尽管这一刻的完治终于懂得了莉香的笑中泪,但结局已定。莉香已在无可奈何的状况中,用微笑扼杀了自己对爱的渴望,谁能说这不是泪?

再回顾整个片子,仔细地品读莉香的笑,你就会发现那其实都是让人辛酸的哭。对温暖情感的一丝期待,对同学聚会的一点渴望,对青梅竹马的一些羡慕……在她看似轻描淡写的提及里,我看到一个被时间和空间忽略了的灵魂,默默走着自己的路,连相互映照的影子都没有。

正因为如此,她爱起人来是义无反顾的。"喜欢上一个人,他的事就会一直留在心底,成为生存下去的勇气,成为黑暗生命的明灯","人的一生不是那么容易就能谈恋爱的,所以我很珍惜那时我们的感情,就是因为有过去的我,才会有现在的我,所以我可以理直气壮地对自己说,我所做的一切没有白费!"

我欣赏莉香的这些爱说,也欣赏她对爱的执著。很想很想像莉香那样爱得哭了,哪怕爱得更深些,哪怕伤得更重些……起码这爱的过程很真切。

倘若那些美丽的回忆不能重新再来,我会悄悄地收藏,收藏在心的角落里……

前提是:我要像莉香那样爱得哭了……

第四章 谁来和我笨笨地相爱?

给我一个满足欲望的拥抱

♦ 谁来和我笨笨地相爱?

深夜,她打电话来:给我讲个故事吧,睡不着。
我揉揉惺忪的眼,倒了杯水,开始低低地说:

从前,有两只小老鼠,一只叫找找,一只叫丢丢。
找找习惯什么都做好计划,然后把想法一个一个地变成现实。
丢丢则喜欢随意的生活,常把一切都弄得乱糟糟。
找找说:因为你是这样的,所以上帝就派了我来保护你。
丢丢就一跳一跳地笑着跑开。
他们一直就这样的生活着,丢丢幸福地说:我们在笨笨地相爱。

有一次,丢丢溜出去玩,误进了猫的领域。
找找寻声而来的时候,看见丢丢在狼狈地逃。
找找一边喊着让丢丢快跑,一边向黑猫冲过去。
和丢丢交错的瞬间,找找塞给她一块尚热的奶酪。

和黑猫交错的瞬间,找找被利爪拉住了尾巴。

……

我停了停,悄悄地问:你想知道它们最后怎么样了吗?

回应我的是轻轻的鼾声,但我还是讲了下去:

黑猫问找找:明知道我在抓老鼠,你为什么还要冲过来呢?

找找说:因为我不能让她被抓。

黑猫又问:你给她的是什么?

找找说:一块奶酪,我不能让她饿着。

黑猫放了找找:如果有一只猫对我也这样好,我就不必自己出来抓老鼠。你们虽然笨,但你们真的很相爱。

关于爱情,人类总有很多的想法和看法,最终让爱变得很疲惫。习惯了速食的现代男女,对爱情的配料也讲究得面面俱到。房子、车子、票子……缺一不可,越多越好。很少有人问津:那两只肯于笨笨相爱的老鼠哪儿去了? 极偶尔的,有人甘愿做了一次小老鼠,心里却还要迷茫地问着:谁来和我笨笨地相爱?

给我一个满足欲望的拥抱

第四章 谁来和我笨笨地相爱?

💎 爱，本是一句谎言

热恋的时候，男人问女人："你对我有什么要求？"

女人想了想："我还真的有要求，而且每天都有一个。"

"好啊，你对我要求得越多证明你爱我越深。"

"只是，我每天的要求都是一个内容，你会不会厌倦呢？"

男人恍然："我知道了，你要我每天都爱你，是吧？"

女人羞涩："是的。我只要求这个。"

男人惊喜地抱了女人："好，我每天都爱你，直到天荒地老。"

然而，天未荒地未老，男人已经不爱女人了。

分手的时候，男人问："你对我有什么要求？"

女人想了想："请忘记我曾经给过你的爱吧。"

男人愣了愣："你能忘记吗？"

女人点头："我可以。"

男人感叹："可怕的女人，你究竟有没有真地爱过我！"

怎么会没有爱过呢？如果没有爱，当初何必千求万求地要了男人的谎言；如果没有爱，最终又何必在离去的时候还他一句谎言？明明知道早已没有天长和地久，却还是愿意相信男人的山盟与海誓；即使谎言被现实刺穿，也还要用"我能忘记"来减轻男人的负罪。男人说谎是为了求爱；女人说谎是为了别爱。都是谎言，可谁敢说这谎言就是错呢？

这是一对即将离异的夫妻，男人有了外遇，回家来和女人摊牌。女人的最后一个要求是请男人留下来共进一次晚餐，女人做的是自己最拿手的、也是男人最爱喝的皮蛋瘦肉粥。

男人喝了一碗，然后把离婚协议递给女人，请她签字。

女人不接，而是温柔地问男人：你不想再喝一碗吗？你以前都是连喝两碗的。

男人不看女人，而是转了头：我根本就不喜欢喝粥。

那你以前？——女人不甘。

那是因为你只会做粥，为了让你高兴，我就拼命地装出喜欢喝的样子。难道你没有留意到每次你要给我盛第三碗的时候，我都给你同样的解释吗？

女人想了想，黯然泪下。她怎么会忘记，男人总是会说：留着下次吧，好东西要慢慢品尝的。她一直以为他们的爱情也如这粥一样，可以让他们用一辈子的时间去慢慢品尝，却原来男人根本就是喜欢另外的口味。

仔细想想，我们在爱情里面是不是也常常说着这样或那样的谎言？因为爱，委曲求全也不觉得辛苦，谎言也就说得天经地义，且越来越像真话。若有朝一日不爱了，谎言便即刻被揭穿，掀着皮、露着骨、血淋淋地狰狞着；纵使加以时日结了痂，那痛仍旧像一把遗忘在胸膛里的手术刀在暗处划割着你的心。

爱，本是一句谎言。失恋的时候，男人女人都发出过这样的感慨；可是当心动再来的时候，谁能狠心地扼杀爱情的绽放？你能吗？反正我不能，就算爱是一句谎言，我还是期待那个男人带着诚心来骗我，最好他能骗我一辈子！

给我一个满足欲望的拥抱

第四章 谁来和我笨笨地相爱？

◆ 有些相遇并不艳丽

一生里面,你和多少个人偶然相遇?这些相遇里面又有多少是艳丽的?而多少年过去之后,被你记得和记得你的还有几个? 一切,不过是年少的云烟。

男人,女人,都曾在某一个时刻欲望过艳遇。在细雨纷飞的暮霭,在行人匆忙的街角,梦中的那个人适时出现……那些对白,那些眼神,那些欲语还休的暧昧,分明是一个初恋的轮回。

你以为你的感受就是那人的感受,你以为你的想法就是那人的想法。却忘记了世界上有一种感受叫错觉。你并不是那人,你代替不了那人。那人也许仅仅是欣赏你,或者是不厌倦你。微笑,问候,关怀甚至再约,不过是种礼貌。无关风月。

聪明的人永远懂得让艳遇发于艳也止于艳,很多个暗淡的夜里就多了一点儿可以回想乃至幻想的人和事,让人觉得还有希望。可惜很多混沌的人都喜欢愚笨的执著,以为只要努力,艳遇就能成为一场刻骨的眷恋,到头来得到的也许只是铭心的疼痛。

电影比人生更充满艳遇,因为它有能力让艳遇停留在艳丽的颠峰上。因此《泰坦尼克》、《廊桥遗梦》、《情人》,再离奇的相遇都因艳丽而能得到大家的理解。现实可以吗?旁人谁会理解你对有妇之夫的真情?谁能相信一夜情里你付出了真心?谁又肯相信艳遇时你轻易出口的誓言?

艳遇,的确存在,但并不是所有的相遇都是艳丽的。如果你要的是一次心灵的交汇,那你大可以去找知己或心理医生倾诉;如果你要的是一次肉体的释放,那你大可以回家或去那些风月的场所;如果你只是想保留一个美好的感觉,那么请让艳遇只停留在艳遇的点。当然,如果你也相信并不是所有的相遇都艳丽,你可以考虑把它带入现实,看着它如何绽放,而后枯萎!

第四章 谁来和我笨笨地相爱?

给我一个满足欲望的拥抱

♦ 有止境的计较

我曾经的公司里,有一个癌死的同事。

听说她在知道自己的病情之后,把家里所有的财产都划在了孩子的名下。她的理由是,丈夫有工作,可以再置产业,而且还会再娶的;但孩子还未成年,需要一个良好的经济保障。

很多人都在她过世后,去问她男人,你怎么就答应她了呢? 男人先是不语,后来也只是说,她也是为了我们的孩子,我还能和她计较什么呢?

其实,怎么能没有计较呢? 只是男人把计较的界限停止在了心里。说了,也不过是换个不幸的家庭更加不幸,还让女人不能安心地去。

我住的小区里,有一个带着孩子独居的女人。整整三年,我们谁也没见过她家有男人出入。一些人猜测她是未婚妈妈或是离了婚的女人。可就在前不久,我们几乎天天可以看见她和一个男人领着孩子同进同出的画面。一些人便又猜测她是另外找了人家了。

因了我也是个独居的女子，所以我和她之间有些许往来。她知道我喜欢写字，很爽快地提出把自己的故事给我做素材。挺简单的，男人跟着另外一个女人跑了三年，现在回来了，就继续过日子了。我问过她，你不觉得委屈吗？她承认自己也计较过。"可是他也认错了，我们还有个孩子，我还要永远计较下去吗？"

谈起男人与女人在爱情里的不同表现。女人希望自己欣赏男人的时候，男人喜欢自己；自己喜欢男人的时候，男人爱自己；自己爱了的时候，男人更爱自己。而男人大都不喜欢说那三个字，提起也并不是一种表白，而是一种提醒。提醒女人要知道他的情感，要在意他的情感，要给他一些必要的回应。

如此看来，爱情里，没有谁是不计较的。

爱容易，恨也容易，不容易的是在这个过程里面，如何控制自己的计较。故事里的男人和女人都是有资本计较的，也都有时间继续计较下去。可是，反过去想想，即使计较了又能如何？不安心的是自己爱过的女人，不快乐的是自己爱着的孩子。不如就将计较停止在她认可的地方，将计较截止到他认错的那一刻，把过去真真正正地翻过去，让大家轻松地向前看。

我对他们心存敬意。

他们是伟大的，在爱情、婚姻里面无限地付出了，却将计较停止在了理智的线上。

懂得有止境的计较的人比较容易幸福。

第四章　谁来和我笨笨地相爱？

给我一个满足欲望的拥抱

◆ 每个人都是如此长大的

从前,有一个喜欢玩沙子的小女孩。只要天气尚好,她就一定会到海边去垒沙堡。

从早到晚,从春到冬,从不间断。

一个路过的男孩看见了她。

男孩问她:你在做什么?

女孩说:我在垒沙堡,给自己造一个家。

男孩笑笑:沙子怎么能垒得住呢,海水一来,它就毁灭了。我教你用树枝搭帐篷吧,比这好多了。

女孩跟着男孩来到了森林。她很快就学会了用树枝搭帐篷。

男孩说:你现在有了帐篷住,我们就告别吧。

于是男孩头也不回地走了。

女孩自己继续搭着帐篷。

又一个路过的男孩发现了她。

男孩问:你在做什么?

女孩说:我在搭帐篷,给自己造一个家。

男孩笑笑:树枝怎么能搭得牢呢,雨季一来,它就湿透了。我教你用砖盖房子吧,比这好多了。

女孩跟着男孩来到了村庄。她很快就学会了用砖盖房子。

男孩说:你现在有了房子住,我们就告别吧。

于是男孩头也不回地走了。

女孩自己继续盖着房子。

再一个路过的男孩发现了她。

男孩问:你在做什么?

女孩说:我在盖房子,给自己造一个家。

男孩笑笑:砖怎么盖得坚固呢,地震一来,它就倒塌了。我教你用石头砌城堡吧,比这好多了。

女孩跟着男孩来到了山顶。她很快就学会了用石头砌城堡。

男孩说:你现在有了城堡住,我们就告别吧。

于是男孩头也不回地走了。

女孩自己继续砌着城堡。

后来,她还是会遇到一些路过的男孩。

男孩问:你在做什么?

女孩说:我在砌城堡,给自己造一个家。

男孩笑笑:石头怎么砌得暖和呢,冬天一来,它就冰冷了。我教你用水泥建高楼吧,比这好多了。

给我一个满足欲望的拥抱

第四章 谁来和我笨笨地相爱?

女孩也笑笑：我觉得这样已经足够好，起码我有一个属于自己的空间，不必再流浪。

女孩向男孩挥手告别，走进自己的城堡，开始新的生活。

无论是怎样的一种遇见，无论它带来的是经验或是教训，我们都是这样一步一步长大的。人人如此。

第五章　只有相随无别离

母亲 /145

有些空白记着填补 /148

长大后，我没能成为你 /150

我的青梅与竹马 /153

只有相随无别离 /156

可以很近，也可以很远 /160

一些有呼吸的符号 /163

欲望手记

其实,我不敢在这些文字里告诉你,我一直孤单着。我怕我还没说出口,我就会抱紧自己。

风清云淡是一种怎样的境界?是在看过走过之后的一种醒悟,还是无奈,我不敢深究。只知道,开始学会了感恩,感恩一切,珍惜和身边每一个朋友的友情,珍惜眼前每一缕阳光和微笑。

我把此时的自己,看成了是参悟者。很多事情开始不再去计较与关心,很多心情开始学会不再梳理。

朋友要远行,对我说,要好好疼自己。我没有告诉她,疼自己时更可怕,宛如腕上一道伤,明明是去关心,却揭开了,更疼。

陪她去买临行前的用品,细心而周到,似乎担心她这一走,未卜的命运是自己所无法去帮衬的。这种感觉,恍惚间,就如同对着自己的恋人。

那时候,跑到远在千里外他的城市,在他公司对面的街道上,回想曾经细心为他去整理的衣衫,惦记送给他的小小的礼物,抚摸他离去时坐过的座位……

他也许并不知道,很多男人的很多东西都是温暖牌。

如今,我没有制造温暖的机会,我只生产惦念的商标,贴在送给朋友的每一个物件上面。

或明或暗,或大或小,在她孤独和哭泣的时候,有一个可以喘息的依赖。

那些人,那些事,便一直相随左右,温暖我。

◆ 母亲

"在这个世界上,我们永远需要报答的最美好的人——这就是母亲。别忘了在这个特殊的日子里,对你的妈妈说:节日快乐!"收到这短信的时候,我正坐在医院的看护椅上。左边是重病的父亲,右边是刚刚睡下的母亲。

多日来如云雾一样流转的时光,令我无暇顾及这个节日。没有淡雅的康乃馨,没有艳红的羊毛披肩,我只能守在母亲的身边,一笔一笔写我们共同经历的岁月。

童年的我体质很弱,吃药多过吃美食。可是小孩子,哪个喜欢那苦苦的东西呢?为了绿豆大小的药片,真不知枉流了多少眼泪。记忆里,母亲从不因此而训斥我。她总是先含了一片在口中,对我说:"看,妈妈和你一起吃。"然后喝水、咽药,再用舌尖舔舔唇,"是有一点点苦,但我不哭。你有没有妈妈这样勇敢呢?"她笑笑地看我。我就学着母亲的样子做一遍——含药、喝水、咽药、用舌尖舔舔唇;也对她说:"是有一点点苦……"可泪水还是会在眼眶里打转转。母亲拍拍我的头"果然很勇敢哦!"泪水就化成了笑颜。长大后,我无数次问母亲:那个时候你真的和我一样吃了那么多的药吗? 母亲笑而不答。我知道那年月的穷,很不相信母亲会真地吃掉它们,可我一直也不知道那些被母亲含进口里的小药片哪里去了,大概都吞进了母爱里吧。

整个学生时代,我拿过无数的"第一",常被同学的父母当楷模一样地表扬着;但母亲从没有因为学习上的好成绩而夸奖过我,更多的她在教我怎样做人和面世。小学四年级的时候,我的作文第一次在市里获奖;对于一个刚刚学写作的孩子而言,那是多么值得炫耀的事情。原稿连同获奖讯息被张贴在少年宫门口的布告栏里,接送孩子的父母经过那里总会说:看人家这孩子,写得多好呀! 而我希望母亲能看看它,只是看看就好;因为文章的题目是——《我的妈妈》。可母亲从来不接送我,即使有风,即使有雨,也不。那段日子,我使出了所有的小伎俩:上学的时候肚子痛,放学的时候牙痛……母亲教会了我怎样看医生,但她还是没看到我的作文。在舞蹈课上,我跳错的频率越来越高,老师说要见见家长。我惟一的一次请家长,是为了让母亲来读我的作文! 我的做法成功了! 然而母亲来的那天,我发现作文已经不知什么时候被换掉了,现在她只能在一群孩子里看我舞蹈着的小小身姿,那不是我要的结果! 站在第一次"发表"文章的地方,我迟迟不肯离开;母亲拉着我的手"你的那篇作文写得真好。我在报纸上读过它。"噢,原来母亲知道,她一直都知道。

慢慢地我长大了,母亲的鬓角开始有华发。自以为成熟了的我,开始觉得母亲不再永远正确,也不会理解我少女的梦想和心情。直到有一天,一个冲动的男孩子到家里来求爱,我又一次读了母亲这本书。

还记得他们的一段对话。
"孩子,我相信你是喜欢我女儿的。可是如果她今天拒绝你呢?"
"那,我就在这里等,等她答应我!"
"孩子,爱情不是等待来的。用等待的方式处世,你将什么都不会得到。"
"那,我就死! 没有她,我活着也没什么意思了。"

"让她为你的死而内疚一生,这就是你喜欢她的方式吗?倘若她还是会慢慢地忘了你,你的死还有价值吗?"

那夜,我和母亲也有一番对话。

她对我说:从小我就不曾溺爱过你,是因为知道你迟早都要一个人面对一些事情。我可以替你洗所有的衣服,但却没办法为你做一次选择。一直让你自己走在前面,不是不管你,而是想让你学会怎么去前进。

终于知道,当我在夜路巡行的时候,陪伴着我的并不是上帝,而是母亲的爱。

前不久,父亲病了。我在回程里一路哭到医院。母亲说"已经没有生命危险了,还哭什么呢?"可是,母亲自己却哭了;在父亲张开眼睛看我们第一眼的时候,在父亲轻轻喊她的名字的时候,在父亲握着我们的手的时候……

如今,父亲还不能自己走。母亲总是躺在他的身边慢慢地抬腿,然后说:"看,我能抬起来。你能吗?"于是父亲就乖乖地很努力地学做一次。尽管更多的时候并不见腿动,但母亲还是笑着说:"又有进步了呀!"恍惚间,又看见了母亲哄我吃药的情景,不由地舔舔唇,不苦,有点咸,多少年了,还是有泪水在眼眶里打转转。

有些空白记着填补

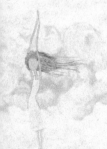

下班的时候,路过一片崭新的楼宇,有一种天越暗,世界越精彩的感觉。但是就在这崭新的角落处,我看见了他,我哭了。

其实已经见过几次了,不过每次都是见他睡着的样子,在冬天的阳光里,在没有风吹过的台阶上。大约一米七的个子蜷曲成团,染满污垢的脸隐藏在破了口的黑棉袄里,我猜不到他的年纪,也猜不到他那一刻的心情。

今天他是醒着的,依在墙角吃着不知道是他的晚餐还是惟一的一餐。米是白的,菜也还不错,他吃得很专心,神情里有着满足。我的心里突然闪过一个词:恻隐。没有更深地想值得还是不值得,我放了一张百钞在他偻着的怀里。

转身,泪就流了下来。也知道他和我没有任何关系,也明白他也许并不值得可怜。当眼睛看向他的那一瞬,我想到了自己父亲,想到他也许也曾像父亲那样含辛茹苦地养大过一个或几个孩子,如今却眼望高楼无家可归,我就止不住眼泪的倾出。

小的时候不在父母身边，印象里他们尚不如祖母来得亲切。没有绕膝撒娇的童年，也没有谆谆教导的少年，很平淡的我就长大了；从一个好孩子长成了一个好姑娘。只有我自己知道，逐渐地变化里，我曾经怀着怎样的猜忌；猜忌自己不过是路边的弃儿，猜忌他们除了善心再也没有爱可分给我。

然而父亲病了。高高大大的身躯突然就倒下了，再也没有宽厚的背可以让我在上学的路上偷偷地依靠，再也没有温暖的大手让我在过街的时候安全地被牵起……再也没有了，我才知道自己曾得到那么多过。四十三个不眠的夜晚，我就数着这些片段，等待父亲的坐起。真的，只要坐起就好。我不敢奢望他还能再背起我；给我扶着他的机会，就已满足。

在家的日子，我最喜欢和父亲一起去散步。从小院的南墙跟儿走到北墙跟儿是四十二步，从东门走到西门是二十三步；如此走一圈，需要六分钟。完全属于我和父亲的六分钟。他会和我说好多的话，尽管一句都听不清晰，但是我理解他所有的意思。在他乡的日子，每夜都会给家里打电话。总会有好多琐碎的事情想和他们说，也总有一些叮咛要和他们唠叨。母亲每次都"不耐烦"地连续说着"知道了"，然后让我收线。眼睛湿润的时候，我知道我的父母也这样地惦记着我。

电视里，周迅说，父亲来接她的时候头发全白了，而她走的时候还是黑的。那是一段永远的空白，再也弥补不上的空白。看着美人垂泪，我并不生感动；但听着这样的讲述，我的心却抖得厉害。回家，我要回家。我要多留一些记忆在父母的心里，在我的心里；在我们共同的心里。

♦ 长大后，我没能成为你

很多人都喜欢把小学老师称为启蒙老师，我至今也不太懂得"启蒙"二字的意义所在，但有一点我是知道的，我的小学老师用她慈爱的心和睿智的思想影响了我的今生。

在入学前，我是一个几乎没有受过正规教育的孩子。父母忙于事业，无心旁顾，我便吃着百家饭穿着百家衣日日长大了。整个童年里，我没有伙伴，没有游戏，没有歌声，只有书。刚刚接受教育，我已经确认自己是厌倦这种管理式的教学方式的。课堂上，老师、同学都是和我无关的，我只读我手里的书。

她是我的班主任，也是我在学校里认识的第一个朋友。她说，你那么爱看书，能给我讲讲你都看到什么了吗？于是课间十分钟里，我就给她讲我看过的童话故事。可是我那么小，看过的书又那么少，渐渐地就没什么可讲的了。她便拿了自己收藏的书借给我读，但条件是我看过了要告诉她在故事里学到了什么东西。现在想想，那段日子真是有意思，一个半大老太太和一个书桌样高的小女孩，每天在

《灰姑娘》、《长腿叔叔》里为着某个细节窃窃私语。而那些曾经争执不休的话题，我一个也记忆不起了。不知道是因为它们太幼稚，还是因为我的记性太坏。考上高中那年去看她，还讨论过这个，她说她也不记得了，谁和一个小孩认真呢。我就又叫上阵了，我说我小可以不记得，你那么大的人怎么可以说忘就忘了呢。她叹了叹气，我那个时候没忘，可现在老了，就不记得了。

真的不愿意承认她老了，这个在我心里和妈妈一样重要的女人怎么可以老呢？我虽然不记得很多事情，但我也将永远记得一些情景。我没忘记春天里是她教会我做风筝，也没忘记跌倒后是她抱我去看医生；我没忘记父母出差时是她照顾着我的生活，也没忘记寒暑假里是她带着我到处拜师；我更没忘记只有她叫我"囡囡"，她说，囡囡是个聪明而善良的孩子。

彼时，我是个有点忧郁的孩子，不漂亮，不优秀。照镜子的时候，我看见一只丑陋的小鸭，她却坚信未来会有一只天鹅。在那个没有家教、没有私学的年代，她凭借着自己在教育系统的人际关系，带着我拜遍了各种名师，让一个懵懂的孩子初识了琴棋书画、说学逗唱，甚至还学了一点舞刀弄枪。二年级体校选体操学员，四年级舞蹈学院选芭蕾学员，她让我先接触了这些，却又都没有让我去。她说，囡囡，这些你可以有兴趣，但是只能在学习之外，你将来是要靠脑子生活的，不是四肢。我信任她，所以我听她的话，尽管我那时的理想是成为一个舞蹈家，但我依然撕掉了录取通知。

五年级，她问我喜不喜欢写作文。此前，我的作文成绩一直不错，还曾获过小小的奖，我有点儿喜欢文字带给我的感觉。于是她和我妈妈商量了一下，寒假时我被送往儿童图书馆。上午进行表述训练，下午写好一个随笔后就可以肆意地看书，晚上她会到我家里听我的汇报。那是整个学生时代里我过得最快乐的一个寒假，每天都做着自己最喜欢的事情。最让妈妈惊奇的不是我的作文水平提高了，而是原来那个自闭的孩子不见了，我不再畏惧说话，可以自如地与人沟通了。

我与她的师生缘一遇便是注定的六年，中间我因搬家转过一次学，两天后一个人哭着跑回去，而她也主动放弃了一次晋升的机会，她说，她要亲手把我送到中学去。我知道，学生的升学成绩直接影响着老师的工资与评定。毕业的时候，我拒绝了学校的保送，在参加奥林匹克知识竞赛的同时，完成了毕业与升学两次考试。幸运的是三次考试我都拿到了状元。我在即将离开她的时候，终于送了她一件礼物。

天天跟在她身后的日子，我最常说的就是，老师，我长大了也要当老师，我要成为另外一个你。她总是笑着摸摸我的头，或是抱抱我。她说，囡囡啊，我不要你成为另外一个我，可我要你成为一个有用的人，对自己、对别人都有用的人。我并不确定自己会不会"有用"，但后来我习惯了在自己被承认"有用"以后去看望她。这样，被她问起的时候，我就可以告诉她我没辜负她。可我是她的孩子，我的伎俩瞒不过她的眼睛。我考上高中那一年，她对我说，从现在起，我辅导不了你的学习了，我们换门课学学吧，我们来学学如何做人。她哪里是从那时才开始教我学做人的，从我认识她的那天起，她就用自己的行动在教着我，我在她的身上学会了爱。

后来，我忙着读书、忙着恋爱、忙着工作。我把她收藏在记忆的底层，自以为是深爱。等到"有了点儿用"想起向她汇报的时候，才知道她早已经搬了家。一连几个月，问了好些人，都未能找到她的下落；我不得不承认是自己的冷漠弄丢了对我最好的那个人。再没有什么人会笑笑地等着听我的汇报了，我也再没有心情急急地想要去汇报了。

那年冬天，她接送我去学国画，我总是在回去的路上在雪地里画给她看。而她总是握了我凉凉的小手，夸我的手笔又进步了一些。这些画面我一直记得，可是要到哪里才能找回它们呢？

我的青梅与竹马

我的青梅叫小圆。她是我小学六年级时认识的。本来她是我的上一届，但因为成绩不好没有考上初中，就和我做了同学。小学就降班是很丢人的事情，所以同学们都不愿意和她好。我是中队长，就主动地提出要帮助她，和她做了好朋友。其实都是小孩子，好的方式简单得很，每天一起上课一起玩。她也不是笨孩子，只是由于家庭条件有限加上以前的老师对她很不好，所以学习不太用心。我们在那一年里，从四年级的课开始补，先是数学、语文，后来我开始教她画画，书法；我上特长班的时候她就做旁听。考初中之前，我的班主任对她说，希望不要给我们的集体抹黑。这样的叮咛让小圆很伤心。我自己出了两张考试卷纸让她做，结果不错。我对她说，考初中没有这个难，你一定没问题了。结果那次考试，是她读书时代成绩最好的一次。

初中我们不在一个班级，我也开始有很多的新朋友，慢慢地就不记得联络她了。但她一直都记得我对她的好，因此每年我的生日都送我礼物。后来我问她：我对你并不好呀，你为什么还对我那样好呢？她告诉我，滴水之恩当涌泉相报，你也许能忘记你做过的事情，但我不能。我们就这样成了真正的朋友。

中考的时候，她实在是读不下去了，繁重的功课让她很头痛。她的父母和我谈了一次，想知道读书对她到底是怎样的感觉。我16岁，她母亲几乎46岁，我们在一起，为她做了一个决定——不让她再痛苦地读书了。我读高中的三年里，她一直在一家药店上班。我们在一起，我给她讲我看的书，她则教给我很多医药知识。我读大学的时候，她开始觉得自己的学历妨碍自己的发展了。我把这个想法告诉给她母亲，并为她找了个成人学习的专业学校。一个专科，她读了五年。拿到毕业证的时候，她兴奋得不得了，她说从未想过自己也能读大学。现在她中医专业也读一半了，然后就可以取得资格证书了，而全国这样的人才还很少。她母亲常和我说，很谢谢我这样了解她，给她找了另一条成功的路。但我知道这样的鼓励都是相互的。在她奋斗的过程里，我也知道了自己该做的事情，该走的路。

我的竹马叫松松。我们是生下来就认识的，因为我们的父母是同事兼朋友。我和他不仅是幼儿园的园友，还是小学和初中的同学。很多人都喜欢把这样的两个孩子叫青梅竹马，大人们还曾经很期望我们能发生点什么，可惜我们越是长大越是显出没有深入发展的可能，他们就不再这样想了。

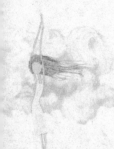

我和松松是生错了的两个人，我们单独在一起的时候，我更像个男孩子，决定和照顾他的一切事情；而他总是很听我的话，沉默地跟在我的后面。松松很聪明，但不喜欢学习，所以每每考试，我是班里的第一名，他是最后一名。老师总是说不明白我们那么好，怎么就改变不了松松的学习成绩呢？其实我知道，松松除了不喜欢做那些烦人的功课外，懂得比我多，他能把家里所有的东西都拆了再装上，我只有看的份儿。中考的时候，我们报考过同一所中专，可我选择了读高中，就和松松分开了。他偶尔会给我写信，但从没有过思念的东西出现。不过他所有的同学都知道他有个漂亮的、学习极好的青梅，松松说我在考他们学校的时候得的那个第一名，让他很有面子。

在初中之后，我和松松之间就多了个朋友——禹。他是我初二时的同学，又曾和松松在一所小学里同桌过。我们三个人很是好了一段时间，后来禹开始追求我，我便渐渐有意地淡离他们的圈子。所有知道的朋友都劝过我别错过禹，说那是个特别好的男孩子，只有松松不多言，他只在我心情不好的时候带我去疯，但永远支持我的决定。禹曾经告诉我，这个世界上，也许只有松松最了解你，但你们却沉默得让我们失望；如果你想要个宠你一辈子的人，就别让他走开。

我是松松这么多年惟一的一个女性朋友，我更知道松松的想法，所以总是一个接一个地给他介绍女朋友。几乎所有的女孩子都反映他太沉默了，像个木头一样。我就笑问他，和我在一起不是话很多的么？松松就斜了眼睛看我，有几个你那样的人啊，我要是敢沉默，你还不得吃了我！

现在他终于有了女朋友，于是急急地让我看漂亮与否。我把电话打到他家里，明知道是他女朋友接的，还用很嗲的声音问：小松松在么？从那以后，他时刻提防我的行为，严厉禁止我和他的女朋友有任何接触。让他想不明白的是我们两个女孩不但能常常联络，还是很好的朋友。他的女朋友还这样的感谢过我——亏了你帮我看了他那么多年，他才不至于学坏了。

我知道自己还远不是要靠回忆细数日子的年纪，可是那些鲜活的过往我怎么能忘掉？它们就在我记忆的最深处，一碰就会跳出来，陪我唱那首已经很老很老的歌。

♦ 只有相随无别离

桑去广西,是我至今不能相信的事实。

我们认识十五年了,从没有想过有一天,她会离开我。而且,那样的远。

可是,她说得那么肯定,我不能不信。但信,也不当真。

答应给她饯行,于是我们见面。我们都是有小资情结的女子,什么都要一个矜持的理由,包括见面。虽然有的时候,理由仅仅是——想你,可只有我们知道,这两个字温暖了我们多少本会寂寞的日子。

为她选了一个红色的拖箱,轻便而利索的样子。这是我们在商城里买的第一件物品,因此很多人在这之后,都会看见一个很瘦的梳马尾的女子拉着箱子在各色店铺前穿梭与流连,后面是一个面带微笑的女子,背一个包,拎一个包。我总是喜欢走在桑的前面,以前是这样,以后大概也不会变。一段路,我是要先探了足,才放心让她去踩踏的,否则一定会有很多网样的担心,萦绕不去,纠缠我许多个突来的瞬间。

不看东西的时候，我的左手在桑的右手里，被轻轻地盈握。桑说过，她喜欢我指尖的凉，我笑，我恰恰喜欢她掌里的暖。我们是这样的彼此需要着，真好。看东西的时候，我们会很默契地接对方手里的物品，常常四只眼睛端详同一个点，异口同声地给一个评论或结果，然后相视而笑。一些人会问我们是不是姐妹，我们的笑里就加了几分得意。我们没有血缘，可我们比姐妹还亲近。桑曾和一个爱她的男人说：即使我离开你，我也不会离开婷婷，永远不会。后来就应了这句话，她离开了那个男人，但我们还在一起。再后来，我拿这个做典故，告诉别人真的友情终比爱情来得绵长与久远，像钻石。

走累了，我们就坐在有玻璃屋顶的阳光广场里面吃冰粥，商量着桑要是走了好运，我们要怎样挥霍那些金钱。桑念念不忘的还是给我买一栋房子，有望天阁楼和露天阳台的那种。我可以在夕阳里面品茶看书，在星月之下写字做文。我最想要的生活，很多男人都知道，但只有这个女人敢说，她要给。仅为此，我没有辜负她的理由。

一款衣服买两件，我们将会在不同城市的夏天里穿着它们游走和忙碌。是不是女子都有这样的嗜好——用自己的品味去打点另外一个人的形象乃至生活？因此很多男人的很多东西都是温暖牌。我没有制造温暖的机会，我只生产惦念的商标，贴在送给她的每一个物件上面。或明或暗，或大或小，在她孤独和哭泣的时候，有一个可以喘息的依赖。

就餐的店里放梁静茹的《勇气》，我们安静地听，也安静地吃。没有她最喜欢的鱼，我买了红烧鸡块。我在心里发誓，一定要学会做鱼，她回来的时候便可以在家里烧给她吃。

一家魔术玩具店里，高高地摆着两只QQ企鹅，很适合搂抱的大小。我冲进去摸了又摸，桑对店员说：我们要它。可是我们的东西太多了，店里又没有那么大的拎袋，因此只能买一个，由我抱着走。店员拿了右边的那只，我说，不，我要女生。店员愣了愣,桑一边付钱一边解释,她是说她要那只头上有蝴蝶结的。回去的路上,桑说明天,或者后天,她会再去买男生。然后我们一个带着女生,一个带着男生,谁都不孤单。我笑,这样我们就有了很多打电话的理由,因为就算不为了我们,也要替它们问好不是? 桑接着,可不是,我们总要传达人家的思念,约约今生来世,别分隔了一辈子才是。

去桑的住处,打点她的行李。一个原本空空的箱子渐渐被填满,直至再也塞不进东西。想起,她从来没有一个人走那么远的路程,想起我们认识以后,她从来没有离我那么远和那么久,心里就有很多的气不得不叹。你会不会坐错车? 会不会到了那边并不好? 你是知道我的号码的,呆不下去了就给我打电话,我接你回来。忙里忙外,她漫不经心地回我,跑不了你。

不能带走的东西,桑都留给了我。我带走的,最多的是书。好像是钱钟书先生说过,男女间的爱情往往由借书开始,一借一还,就有了两次见面的借口。换作桑与我,也是借了这个典故才有了今天的情谊。从前,桑向我借了太多的书,所以现在她不断不断地给我买书。我们常同时看一本书,那一刻,我们懂得彼此的、全部的心思。

我们在桑公司的门前等车。我抱着女生,桑捧着书。好奇怪,我怎么一点儿要和你分开的感觉都找不到? 我故做小女孩状。桑点我的头,我还没走呢,你找什么感觉呀,神经。然后,我们笑。然后,车就来了。我上了车,桑在身后交了钱,她对我说:我走了! 你保重。

桑对我说:我走了,你保重。我没回头。

二零零二年的夏天,我和桑之间发生了很多事情,有争论,有误解。那个时候的我们像两个溺水的人,无比慌乱地挥动着双手,想抓住对方的救助。和好的那天,桑对我说,从我认识你的那天起,你就那么那么地冷静。每次分开,你都是头也不回地走，即使知道我在看着你，也不回头。我以为，我就要失去你了。

桑，我不会离开你的。
这是我那时说出的承诺，我没说这个承诺其实是有期限的。
期限是今生加上来世，来来世……

桑说，如果我发财了，我一定把你接到身边。
我说，如果你呆不下去了，我就把你接回来。

看，我们怎么都是不分开的，我又何必要为短暂的离别频频回首？

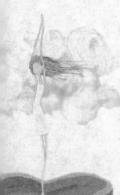 可以很近,也可以很远

这个春天结束,我和他就相识满四年了。四年,在人生的路途里很短,但对于我们,它是足够感动的长度。

有的时候他问我:猫,还记得当初吗?
我就想也不用想地回他:记得。
坏记性的我,常常有把自己弄丢的记录;但是,关于我们的一切,我都记得清清楚楚,更清清晰晰。

遇到的那一年,我还没有开始在网络里写字,只单纯地喜欢聊天,且疯狂无边。因了喜欢他的 ID,于是就加在 OICQ 里;不分黑白与昼夜地缠着他说个没完。那阵子正是我几年来最不如意的一段。大把大把的时间,看似闲得能长草,心却干渴成一片盐碱地,颗粒无收。原本是想随便地找个人说说就算的,不想他都记得。即使忙得不能上网的时候, 他也会给我手机信息或是寥寥几笔的写上一封信,询问着我的好与不好。

渐渐熟悉，未曾谋面的人也开始变得立体，心里有了轻轻浅浅的牵挂。交往到冬天，我迷恋上了给他写信，在午后的窗边，一个字一个字地写，写曾经、写现在、写看不见的未来。一栋七十年代的二层小楼，破旧而残败，北风与暖阳纠缠的时候，无数的尘埃就在我的眼前舞蹈。但，我不和他说我的冷，只说尘与尘的缘。彼时已开始在网络写字了，但或许是因了手写吧，他坚持着说《两颗尘埃的故事》是我写得最好的一篇。

除了文字，我什么都没有，所以我只能送他文字。除了照片，他也什么都没有，所以他送我很多照片，还答应以后会给我亲自拍照。女人都喜欢被承诺，且有了承诺后就会期盼着兑现。我也是这样恶俗的女子，从此便盼望着现实里的遇见。

二零零三年的夏天，我换了手机号码电他，开口就听见他在那边惊讶地叫：猫，怎么是你？我笑：当然是我，我在你的城市里，停留期三个月，你可以考虑要不要见。

当然是见的。半个小时后，百年城前。没有更多的问题和要求，一切简单得像是见了千百次的老朋友。去了，远远地就认出他来。与照片比，换了发型，人也瘦些，没有陌生。他亲切地敲我的头，说我的样子一点没变，这没变也是和照片对比的。

他请我吃 PIZZA，必胜客的。真的是请我吃，比萨饼、蛋糕、沙拉、冰淇淋，我不停地吃，他笑笑地看。和网络里一样，他没有太多的话，始终在听我唠唠叨叨。高兴的、悲伤的、新奇的、陈旧的，没有什么是我不能与说的，也没有什么是他拒绝聆听的。我喜欢看着他的眼睛，就这样不被打断的讲述，很是痛快。

那天晚上，我们放 Emilla 的歌，沿着滨海路看风景，穿过那些山和树，最后泊车在海边。第一次在午夜看海，静谧更深，浪一下一下地抚摸着脚踝，始终让人怀疑它会在出其不意的时候把你拉入怀里。于是我不敢静静地站，脱了鞋子在那些千年百年的卵石上跳来又蹦去。没来由的，他说：猫，将来你结婚，我就在这儿给你拍婚纱照。我回头，看他隐在月光下的脸，努力努力地做阳光样的笑。再回身，我的脸上有泪，心里有暖。我不知道我将来会不会嫁给自己最爱的那个人，但是我知道我的婚礼会很幸福，因为有一个懂得把我拍得很美的摄影师。

后来我们又见了三次，都和拍照关联。

一次他带我去植物园拍照片，黑白的，可是当天底片就不见了。由于底片丢得很奇怪，所以他再三地和我解释，还允诺会再拍给我。于是就有了第二次，他特意约了一个同事，两个专业摄影师为我这个业余模特拍照片，一版黑白的，一版彩色的。怕再丢，他坚持做了即刻冲洗。没有被修剪过的片子已经比我本人好看很多倍，他却还要做成影集才肯还给我。最后一次见他就是去取做好的影集。因为太知道我，所以他事先扫描了照片在网络里，方便我在论坛里炫耀自己的长发。我常常和那些看过我照片的网友说要感谢他，但事实是，我一直欠着他的。

大概因为所有的承诺都兑现了，所以就再没有了见的缘。他忙，我忙，直到离开那座城市，终未再见。

联系，依然是手机与网络。在一些节日，在一些想起和惦念的时候。

始终认为他是我最完整的一个遇见。

一场交往经历了网络、信笺、手机、见面，再手机、网络。无论哪种方式，我都可以毫不设防，肆意倾诉；就像自己面对自己，不，有的时候比面对自己更坦诚与纯粹。在我心里，他始终是个很干净的男人，从思想到身体，像天使。

他大我一岁，所以我叫他文哥，沈文婷的哥哥。

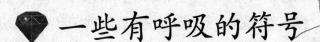

一些有呼吸的符号

　　始终认为,相遇是别离的开始;而我们,相识在网络的朋友,便是从那一刻开始起程,共赴一场注定后会无期的缘的。

【顿号】

　　他是我 QQ 里的第一位好友,长我一岁的内向男子。没怎么读过书,很义气的那种人。

　　认识三年,几乎没有聊过什么话题,极偶尔的多说几句,也是我唠叨着,他听着。可每次的不开心他都能感觉得到,但也没有劝慰的话语;只是整屏整屏地发笑话过来,直直地要我笑出眼泪才肯罢休。渐渐地,就依赖上这样的一个人,什么都要和他说说才能把日子过下去,包括吃了什么看了什么,那个时候觉得他比我生活里的人要安全可靠得多。失恋又失业的我,常常是和他聊到网吧歇业才肯回家,而那十分钟的路,是他用声音陪着我走的。

后来开始玩论坛,喜欢上了发帖子的感觉。我对他说:我写写你吧。他说:别,还是写写我想要的爱情吧。三个小时,我写了《把游戏玩成真的》,那里面的游戏是我们认识的时候玩过的。两年后,他来读我的文集,他说我写得最好的文字还是那篇。我当然知道不是,只是那是他最喜欢的罢了,因为那里面有他和他的梦想。

其实自从我买了电脑、进驻论坛后,他就不怎么上网了。他说他终于可以放心了,这丫头不会学坏了。后来我知道,他有的时候来也是隐身的,悄悄地躲在暗处看我和我的文字。于是,我也常常收集了一些好玩的东西塞进他的QQ,我想让他知道,现在的我已经懂得怎样去寻找开心的日子。

【逗号】

他好像是一开始就蛰伏在我的QQ里的,只等一个恰当的时机出来和我相识。彼时,他的女朋友、我的男朋友都是模特,有一些名气更有怀才不遇的窝气。而我们,都是和华服霓虹不贴边儿的人,只能不远不近地看着他们折腾自己和青春;然后相互同情、相对苦笑。

第三次和女朋友闹分手的时候,他写了E-MAIL给我,请我把他们的爱情写下来。"也许这是惟一的挽救方法了"为这个理由,我是打算拼了命吐了血也要好好写的;可两天后,他说不用了。她已经答应另外一个人的求婚了。看着一行行的浪漫,我不得不承认,爱情只是个幻觉。

终于决定放弃好看却不实用的恋爱了,我在现实和虚拟里反复地撕咬自己的疼痛。他什么都不问,却默默地寄了一本书过来,书名是《指间岁月》。我的第一本书,只出版了两本,他在序里说:这是一本永远不会再版的书。

我信。

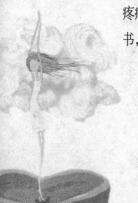

【分号】

仔细地回忆过很多次了，但始终没有想起来是在哪个论坛遇到的他，更数不清楚他跟着我辗转了多少个论坛了。他不写字，他只看我写字。

觉得他特别，是因为聊天最初他就告诉我他结婚了，有一个小孩，没有说是男孩子还是女孩子；他说，我只是想找你聊聊文字，没有别的企图。我真的就认为他是我不大的读者群里最让我放心的一个，懂得安静地看，理性地评，没有更多好奇和要求。

去年夏天，一个论坛，我辞去文学总版的职务。朋友愤而拍砖的时候，我沉默，心里不是没有委屈的，只是已经灰心的懒得做祥林嫂了。一些平时交好的版主很为我声势了一翻，嚷着也要随我辞职而去；我并不劝，因为明白那个由我们一手建成的地方是他们不舍得的离开。可偏就他不是说说算的人，而是真的跟着我离开了，再没回去。

一个在你最寒冷的时候肯于温暖你手的朋友，怎能让人不心存感激？只是我从没说过，他也从没这样邀过功。我们在很多论坛里驻足，在不疏不离的间隔里，一个继续地写着，一个继续地读着。

后记

十年一叹

十年前,叔叔阿姨们都叫我黄毛小丫头;十年后,他们会叹着气说你都快三十了我们是真的老了。

十年前,喜欢披散长发扮淑女;十年后,常常束高高的马尾装年轻。

十年前,敢真正地素面朝天到处走;十年后,不会化妆但也要抹点润肤水遮掩细小的皱纹。

十年前,体重四十公斤觉得很骨感;十年后,体重四十七点五公斤觉得不够丰满。

十年前,因为长身体每天吃妈妈做的营养饭;十年后,为了父母的健康每天给他们做老年餐。

十年前,跑三千米觉得很刺激;十年后,还可以连做三个仰卧起坐就心中暗喜。

十年前,每天想着怎么玩才会更快乐;十年后,每天想怎么把家收拾的够舒坦。

十年前,去了KTV抢不上话筒就跳舞反正不闲着;十年后,电脑里放着蓝调独自在夜里发呆。

十年前,遇到挫折会毫不犹豫的哭而不觉得丢脸;十年后,即使一个人也会告诫自己流泪也没有用。

十年前,要省下午饭的钱才可以买一本琼瑶小说;十年后,成摞的买书只为了知道和自己写的有什么不同。

十年前，只和很帅的男生好女生可有可无；十年后，更愿意和女人们聊天说心事男人成了摆设。

十年前，写日记都是小女子的鸡毛蒜皮；十年后，写文字竟可以劝解那些小女子的心思。

十年前，相信白马王子的故事；十年后，连白马也没见过。

十年前，有没有爱情一样的快乐；十年后，有没有婚姻一样的生活。

十年前，找男朋友一定要够帅够有型；十年后，找丈夫只要求他可以对我好一点。

十年前，生活于我是风花雪月不问世事；十年后，生活是一切的琐碎加在一起是不能不去的面对。

十年前，觉得自己已经足够大了；十年后，方明白其实还是个孩子。

十年前，有一点成绩就把自己当人才；十年后，再多的成绩也不过是为了证明自己不算庸才。

十年前，认为自己的世界会出现无数的可能；十年后，知道所有人的结局都只有一种必然。

十年前，看三十岁的女人已经人老珠黄；十年后，对着镜子跟自己说也许还不算太老。

当爱情走远时，寂寞悄悄来到你的身旁。

白衣，一个生于八零年代后的男子，迷恋文字，日日纠结在自己畅想的故事中，乐此不疲。

本书收录了作者近两年来发表于各时尚杂志的佳作。他以不同的性别、身份和心态走进爱情，并深切体会，极力感悟。尤为特别的是，本书中的大部分小说，都被作者冠以女性身份，他让灵魂离开身体，钻进一个个女子的思想，想她们所想，念她们所念。你看见的是一个男子心里的女子。更有心的是，作者在每个故事的完结后，还写下了背后心情。他用极其平缓的语气告诉你一些念头的由来，告诉你真情就在被我们忽略的细节左右。

干净、瑰丽、冷暖穿梭是白衣的文字特色，真诚、信守、专情如一是白衣的做文准则。这样的一本书，值得我们认真读一读。

谁能看见白衣的寂寞

白衣如是 / 著
文化艺术出版社
ISBN 7-5039-2724-0
2005年7月出版
定价：22.00元

在零点，白音与你携手走过疼的单行道。

这是一本铺满爱情的书，篇篇艳色生香，却也处处暗藏荆棘。他喜欢先布了一间不见光的场，然后再一点点的拉开帷幕，读的人可以窥见前台的他给的表演，但总是要等到最后的一刻，才能恍然真相。我们跟着他，看了一个又一个爱情的盘亘缠结。憎恨，并感动着。

白音格力对文字的把握是独特的，他可以把原本无关的文字排列在一起，组合成更为强烈的表达。一如读者对他的评价他是一个可以用身体任何部分来感知情感的人。仔细的阅读下去，我们看到的不仅仅是由作者杜撰出来的故事，还有他对情感的态度爱情是一条会疼的单行道，疼的单行道我逆行。

疼的单行道我逆行

白衣格力 / 著
文化艺术出版社
ISBN 7-5039-2723-2
2005年7月出版
定价：22.00元

爱情、花一起在死亡中炫烂的绽放。

小洛、朴朴还有苏桃花；小薇、安好还有紫紫；王棉棉、白多多还有杜小卡……他们纠结在一起上演相遇相爱相别，像精灵一样让你身陷其中。他们是活在心里的影子，是我们自己。而创造这些精灵的洛上，她用纯净的笔触来引导你的感觉，用那些匪夷所思缠绵美妙的长句子来歌颂美好，用注定离别来轻蔑金钱、权势、阴谋、伤害还有谎言本身。就像在《一朵花正在枯萎》那些故事里面，她告诉你有情人地老天荒，守不住的是人而不是爱情本身。彻头彻尾的童话，连成人世界的现实都只是童话里的丑巫婆。

在这本集子里，你能看到一个更真实的洛上，怀了蘸满激情的敏感，为你讲述她身体力行的故事。

一朵花正在枯萎
洛上千梳／著
文化艺术出版社
ISBN 7-5039-2815-8
2005年9月出版
定价：20.00元